Les Yeux secs

ÉTONNANTS • CLASSIQUES

ARNAUD CATHRINE

Les Yeux secs

Présentation, notes et dossier
par LAURE HUMEAU-SERMAGE,
professeur de lettres

GF Flammarion

ISBN : 978-2-0812-3120-7
ISSN : 1269-8822

SOMMAIRE

© Hannah Opale

■ Arnaud Cathrine.

PRÉSENTATION

Un auteur aux talents multiples

Né en 1973 dans la Nièvre, Arnaud Cathrine, tout en se consacrant à la littérature, aime investir des domaines divers.

Aujourd'hui auteur d'une vingtaine de romans publiés aux éditions Verticales[1] et à L'École des Loisirs, c'est en 1998 qu'il fait paraître son premier texte, *Les Yeux secs*. Très vite, il met son talent d'écrivain au service du cinéma : en 2001, il coécrit avec Jean-François Fontanel un court métrage, *Notre besoin de consolation*, tiré d'une de ses nouvelles[2] ; début 2006, il adapte avec Éric Caravaca son roman *La Route de Midland* sous forme d'un long métrage intitulé *Le Passager*[3] ; la même année il signe avec Julie Gavras le scénario de *La Faute à Fidel !*, adapté du roman de l'Italienne Domitilla Calamai, paru chez Actes Sud et récompensé

---

1. Ont déjà paru aux éditions Verticales : *L'Invention du père* (1999), *La Route de Midland* (2001), *Les Vies de Luka* (2002), *Exercices de deuil* (2004), *Sweet Home* (2005), *La Disparition de Richard Taylor* (2007) et *Le Journal intime de Benjamin Lorca* (2010).

2. Cette nouvelle s'intitule « Parce que notre besoin de consolation, etc. » : elle a paru en 2001 aux Éditions Bottom. Le court métrage est téléchargeable sur le site d'Arnaud Cathrine, www.arnaudcathrine.com.

3. Le film a reçu le Grand Prix et le prix du public au festival de Belfort en 2005 et a figuré la même année dans la sélection de la Semaine de la critique à la Mostra de Venise.

par le prix Michel d'Ornano au Festival du film de Deauville en 2006. Il s'intéresse aussi à la musique : il écrit des textes notamment pour les chanteurs Joseph d'Anvers[1] et Florent Marchet[2].

Ce répertoire varié et cette curiosité artistique, Arnaud Cathrine les explique en convoquant son enfance à Cosne-sur-Loire (dans la Nièvre), heureuse mais morne : « J'étais comme beaucoup d'adolescents, impatient de vivre quelque chose de plus intense. La musique, la lecture et l'écriture ont été comme autant de vies supplémentaires que je m'inventais pour patienter », confie-t-il en janvier 2007 dans un article du journal *Le Monde*. Grâce à son grand-père, facteur d'orgues et organiste[3], il se met au piano et s'essaie, sans succès, à la composition. Son talent s'épanouira dans l'écriture. Les grands auteurs classiques et les écrivains contemporains qu'il découvre au cours de ses études en lettres et en anglais lui donnent envie de s'exercer dans cette voie[4]. Un jour de 1997, un cauchemar, sans doute nourri d'une actualité internationale troublée, lui inspire *Les Yeux secs*, qu'il écrit en trois semaines : il y met en scène « deux adolescents pris dans les rets[5] tragiques d'une guerre civile[6] ».

Sa rencontre avec Bernard Wallet, écrivain qui souhaite créer sa propre maison d'édition – et qui fondera les éditions

---

1. Arnaud Cathrine signe les chansons « En ville » (dans l'album *Les Choses en face*, paru en 2006) et « Le bât blesse » (dans l'album *Les Jours sauvages*, paru en 2008).

2. Arnaud Cathrine a coécrit quatre titres de l'album *Rio Baril* sorti en janvier 2007 : « Les bonnes écoles », « Les cachets », « On n'a rien vu venir » et « Les visites ». Avec Florent Marchet, il a également écrit un roman musical intitulé *Frère animal* – à la fois livre et album paru aux éditions Verticales – qu'ils ont interprété ensemble sur scène en 2009.

3. Le ***facteur d'orgues*** est celui qui les fabrique, l'***organiste*** celui qui en joue.

4. On pourra se reporter à l'interview d'Arnaud Cathrine dans le dossier de cette édition, p. 116.

5. ***Rets*** : au sens propre, désigne des filets ; au sens figuré, signifie « piège ».

6. Christine Rousseau, *Le Monde des livres*, vendredi 5 janvier 2007, p. 5.

Verticales –, est déterminante : ce dernier s'empare des *Yeux secs*, qui lui rappellent son expérience de la guerre du Liban[1], et publie le texte en 1998. Deux ans plus tard, Arnaud Cathrine fait la connaissance de Geneviève Brisac, écrivaine et éditrice à L'École des Loisirs : elle l'encourage à composer des œuvres pour la jeunesse. Depuis *Mon démon s'appelle Martin* (paru en 2000 à L'École des Loisirs), Arnaud Cathrine ne cesse de s'adresser à ces deux publics : adulte et jeune. Arpentant le territoire de l'enfance et de l'adolescence, il s'intéresse aux blessures familiales, évoque l'abandon, la perte, la solitude ou le deuil auxquels se heurtent de jeunes héros caractérisés par leur impatience de vivre et confrontés, comme dans *Les Yeux secs*, à la brutalité du monde.

« Il y avait une guerre[2] »

Les Yeux secs se présentent d'emblée comme un récit sur la guerre. Ainsi, avant même que l'œuvre commence, la citation placée en exergue, tirée de *L'Invaincu* de William Faulkner, convoque les combats et le cycle infernal de la guerre qui fait naître « les mêmes contes, les mêmes récits, le même que la dernière ou que la prochaine fois ».

Le lecteur est très vite plongé dans un cadre urbain ravagé par un conflit. Le paysage est celui de « ruines avachies », de « pans de murs calcinés », d'un « immeuble [qui] finit tout

---

1. Le Liban est ravagé depuis 1975 par une guerre civile sanglante où s'affrontent milices chrétiennes et milices palestiniennes, au milieu desquelles la Syrie – pays voisin – fait figure d'arbitre opportuniste.
2. Extrait de la citation de William Faulkner, placée en exergue au début des *Yeux secs*.

juste de brûler » et dont ne reste que l'« ossature métallique ». L'électricité est devenue presque inexistante et les vivres viennent à manquer. Dans ce paysage d'apocalypse, presque totalement déserté, où règnent un silence pesant et une chaleur irrespirable, les seuls hommes à s'aventurer sont des soldats qui, par leurs rondes incessantes, sèment la terreur. Le pays est en effet quadrillé par des véhicules anti-émeutes, des convois militaires, des miliciens secondés de sections d'exécution. Ces dernières agissent à partir de listes d'individus à éliminer, nourries par la délation. Dans ce décor funeste, résonnent les coups de feu ; l'air est corrompu par l'odeur des corps en décomposition et des cadavres brûlés à la périphérie de la ville...

Dès les premières pages, le lecteur découvre Hamjha et Odell, une sœur et un frère, qui vivent cachés dans le pavillon familial à côté des cadavres de leurs parents abattus par un milicien.

Les causes de cette situation chaotique apparaissent progressivement. Il s'agit d'une guerre civile, la pire de toutes. Le conflit est politique. Un nouveau pouvoir, dominé par un état-major tout-puissant et paranoïaque, cherche à s'imposer et à anéantir toute forme de résistance. Il surveille en particulier « les organes décentralisés [du] pays ». Ainsi, le comité des Affaires sociales où travaillait le père d'Odell et Hamjha est considéré comme un dangereux foyer de contestation. La dimension totalitaire de ce pouvoir se manifeste à travers le rôle cruel des miliciens, bras armé de ce nouveau pouvoir. Ils obéissent à une volonté funeste d'épuration[1] et exterminent tous les opposants civils. L'arbitraire règne : « [...] les listes s'allongent à mesure que les jours passent. Personne cependant n'en connaît les critères de sélection. Le nouveau pouvoir a les

1. ***Épuration*** : élimination des membres qu'on juge indésirables dans un parti, dans une société.

siens qu'il modifie au fil du temps » (p. 31). La violence est sans merci et la terreur extrême. Cette guerre civile paraît d'autant plus terrible qu'elle est la répétition d'un conflit qui a ravagé le pays une décennie auparavant : « Il y a dix ans, [les grands]-parents [d'Odell et Hamjha] ont voulu rester eux aussi... Ils ont péri sous les bombardements » (p. 44). « Ça recommence. La même chose, le même pays. Était-ce inévitable que ça recommence ? » (p. 44), s'interroge Odell.

La résurgence[1] cruelle et absurde de ce fléau destructeur souligne sa dimension inexpugnable[2] et son caractère universel. Comme l'écrit Faulkner, « toutes les guerres se ressemblent ». Celle qu'Arnaud Cathrine met en scène fait étrangement penser aux conflits qui, depuis le milieu du XXe siècle, ont touché l'Occident et l'Orient. On ne peut s'empêcher de rapprocher le contexte des *Yeux secs* des luttes fratricides du Liban, de l'Algérie[3] ou de l'ex-Yougoslavie[4], ou de lui trouver des points communs avec la Seconde Guerre mondiale et avec les crises qui secouèrent le bloc soviétique[5] durant la guerre froide (même si, pour mieux brouiller les pistes, l'auteur opère un renversement et fait des miliciens « de l'Ouest » les disciples d'un totalitarisme sanglant). Arnaud Cathrine se garde de circonscrire son intrigue dans un lieu et un temps précis. Aucun endroit, aucun monument ne renseigne le lecteur sur le cadre spatial ; l'épo-

---

1. ***Résurgence*** : réapparition.

2. ***Inexpugnable*** : qui résiste.

3. Dans les années 1990, l'Algérie est secouée par de sanglants attentats islamistes qui terrorisent la population.

4. Entre 1991 et 2001, éclatent de violents conflits entre groupes ethniques et nations qui composent la République fédérale socialiste de Yougoslavie ; cette guerre civile à caractère génocidaire aboutit à l'éclatement de la République.

5. Les forces du pacte de Varsovie (alliance militaire scellée entre l'URSS et les pays communistes européens dès 1955) écrasent l'insurrection de Budapest (1956) et le Printemps de Prague (1968), la Hongrie et la Tchécoslovaquie menaçant d'abandonner l'alliance communiste.

que semble contemporaine de la nôtre sans pour autant être déterminée par un repère temporel quelconque. À cet égard, le choix des prénoms des protagonistes est significatif : Odell et Hamjha, Juhazni Löskha, Fosske et Mhotja Pentchka, Gaone et Kwira Tökson... sont le fruit de l'imagination de l'auteur ; ils ont une consonance slave ou arabe, situant les faits à l'étranger mais ne permettant aucunement d'identifier le lieu de l'intrigue. Paradoxalement, cette absence délibérée d'informations spatio-temporelles a pour effet d'impliquer le lecteur dans l'histoire : puisque rien ne l'en éloigne définitivement, il a le sentiment qu'elle peut devenir sienne ; le lecteur est alors à même d'éprouver, avec les héros, l'horreur de la mort...

« La mort en marche[1] »

La fatalité qui domine le roman le rapproche du genre de la tragédie. La mort y est omniprésente. Conséquence de la guerre, elle ouvre et scande sans relâche le récit. Il y a d'abord celle des parents d'Odell et Hamjha : l'auteur ne nous épargne aucun détail, évoquant les corps « pareillement déchiquetés au niveau du thorax », la pourriture des cadavres et l'odeur nauséabonde qu'ils dégagent. Puis vient la mort du milicien : Odell observe ses « jambes inertes et glacées [qui cognent] sur le sol d'un bruit sec, presque creux », relève « l'odeur aigre de ses aisselles », sa raideur et l'expression effrayante de son visage. Sont également surpris par la mort les fugitifs qui accompagnent Juhazni, puis Hamjha et Odell, ainsi que Juhazni lui-même. De façon symbolique, la mort semble même frapper deux fois les

1. Voir p. 84 et p. 88.

parents des deux adolescents. Ce n'est que lorsque leurs corps sont enlevés par les miliciens qu'Odell et Hamjha prennent conscience que leurs parents ont cessé d'être : « Nous comprîmes réellement que nos parents étaient morts lorsque leurs cadavres eurent disparu. La puanteur ne veillerait plus à nos côtés, comme l'unique vestige d'une bienveillance perdue. Nous étions seuls » (p. 51). De même, la disparition de Juhazni – substitut de la figure paternelle disparue –, parti à la recherche de médicaments pour Hamjha malade, redouble la mort de Fosske Pentchka, le père des deux jeunes gens. La fièvre qui gagne Hamjha à l'issue de la deuxième partie du roman présage sa mort : « Les tremblements fugitifs dus à sa température lui agitaient la tête dans un hochement saccadé. On eût dit le sursaut raide et bref qu'ont les agonisants avant de mourir » (p. 77). Enfin, dès le début du roman, la comédie de la mort jouée par Odell et Hamjha annonce leur fin véritable : anticipant leur destin, ils feignent d'avoir succombés, entremêlant leurs corps à ceux déchiquetés de leurs parents.

Le caractère inéluctable des salves meurtrières menées par les sections d'exécution renforce la dimension tragique du roman. Odell et Hamjha semblent ne pouvoir renverser un dénouement présenté comme fatal. Les deux héros ne cessent de se préparer à cette issue : il leur faut « imaginer une mort certaine » puisque « la guerre ne [leur] laisse aucune chance de lui échapper ». C'est comme « une machine étrange qui se [met] en route » (p. 82), qui les laisse « en sursis[1] » mais qui, inexorablement, ouvre le chemin à « la mort en marche » (p. 84 et 88). Ce destin funeste est d'autant plus évident que les espoirs d'échapper à la mort et de gagner un salut sont vains ou immédiatement anéantis. Le projet de fuite instigué[2] par Juhazni se

1. C'est le titre de la deuxième partie du roman.
2. ***Instigué*** : organisé.

solde par un échec sanglant, et la recherche d'une aide bienveillante auprès des Tökson se révèle désastreuse... De même, le milicien venu apporter des vivres aux adolescents est abattu et, s'il retarde un temps l'agonie à laquelle les condamne le manque de nourriture, il entraîne indirectement leur mort.

Le récit recèle de nombreux symboles exprimant cette mort en marche. Pour se dérober aux miliciens, Odell et Hamjha s'enfoncent au plus profond de la maison, dans la dernière pièce de la cave : ils y sont terrés comme dans un cercueil, tétanisés par la peur. « L'âcre respiration du feu » qui détruit la ville, et les corps en décomposition qui dégagent une odeur pestilentielle raréfient l'air et le rendent de plus en plus irrespirable. Le combat des jeunes gens contre cet étouffement progressif paraît dérisoire. Leurs tentatives d'établir un courant d'air dans le pavillon sont vaines : la faiblesse des moyens – une allumette coincée entre les deux bords de la fenêtre – montre le caractère ténu[1] de tout espoir ; il sera impossible à Odell et Hamjha de retrouver un quelconque souffle de vie...

« La terrible langueur de l'attente[2] »

Si la mort est au bout du chemin d'Odell et de Hamjha, c'est l'attente, « l'éternité de cette attente », qui est l'objet de la narration. Le lecteur suit avec angoisse la lente agonie des deux héros. La torture des adolescents dure l'espace d'une journée : le texte commence un jour d'été, à midi, et s'achève le lende-

---

1. ***Ténu*** : mince, faible.
2. Voir p. 52.

main matin lorsque le héros imagine pour la dernière fois que le « jour [a dû se] lev[er] ». Les heures sont précisément notées : « quinze heures trente », « seize heures », « dix-sept heures », puis « vingt-deux heures quarante-cinq », « l'heure fatidique » de la fuite avec Juhzani. Le récit se poursuit alors jusqu'au petit jour : il est « quatre heures » quand Juhazni quitte les enfants. Mais c'est à l'aube, lorsque perce une « faible clarté », qu'Odell aperçoit « devant la grille, deux miliciens [observant] [leur] maison ». Ce resserrement temporel rappelle l'unité de temps[1] de la tragédie, tout comme le huis clos de la clandestinité des deux protagonistes évoque les unités théâtrales classiques de lieu et d'action. En refusant de dilater la narration, Arnaud Cathrine rend l'attente angoissante des deux héros plus tangible[2] et, en faisant coïncider le temps de la lecture avec celui de l'histoire, il implique davantage le lecteur dans son intrigue.

L'efficacité de la construction narrative participe également au suspens de l'œuvre. Le récit est organisé en trois parties – on voudrait dire trois actes[3] –, de longueur inégale ; la deuxième est elle-même divisée en « chapitres ». Ce découpage met en valeur les différents coups de théâtre de l'histoire. Ainsi, dans la deuxième partie, les péripéties surgissent à la fin des chapitres : la disparition des cadavres des parents, la découverte du sac du milicien et l'apparition de Juhazni après la fusillade sont autant de chutes surprenantes. Les blancs qui ponctuent la narration permettent aussi de retarder l'enchaînement irrémédiable des événements et de faire sentir au lecteur le poids de ces morts

1. L'intrigue d'une tragédie classique doit durer moins de vingt-quatre heures. À cette unité de temps, s'ajoutent les unités de lieu (un seul lieu) et d'action (une seule « action principale »).

2. ***Tangible*** : palpable.

3. La première partie intitulée « Fais le mort » s'étend de la page 29 à la page 32 ; la deuxième, « En sursis », court jusqu'à la page 88 ; la troisième, très courte, a pour titre « Libre » (p. 91-92).

annoncées : c'est tout particulièrement le cas au dénouement, où l'imminence de la mort se traduit, dans de très courts chapitres, par l'effacement progressif de la narration chargée de raconter l'indicible et la propagation d'un silence oppressant. De même, les analepses, ou retours en arrière, qui explicitent les circonstances du drame familial et de la guerre[1], tout en comblant le vide angoissant de l'attente, repoussent le récit de l'échéance fatale.

L'histoire de Hamjha et d'Odell

L'histoire de cette fratrie condamnée est racontée par Odell, narrateur masculin qui est aussi le héros principal du récit. Il rapporte à la première personne ses dernières heures dans une narration qui ressemble à un journal intime, l'écriture s'achevant au moment même où le jeune homme est abattu. Les chapitres courts, la mention très précise des heures et des événements, la réflexion intime à laquelle se livre Odell rapprochent le récit de ce genre. Les temps du passé utilisés dans le récit – passé simple, imparfait –, auxquels se mêlent présents de narration[2] et d'énonciation, sont aussi la marque d'un récit rétrospectif : la présence du déictique[3] « aujourd'hui » (p. 46,

---

1. Le chapitre 3 de la deuxième partie (p. 43-46) rapporte une discussion « une journée de février » au début des combats entre Odell et son père ; le chapitre 7 (p. 59-61) revient sur la veille de la fusillade qui eut raison des parents des adolescents et qui se déroula trois jours avant le début de la narration.
2. Il s'agit en particulier de la première partie, « Fais le mort », et des chapitres 15 et 16 de la deuxième partie.
3. ***Déictique*** : mot ou expression qui détermine les conditions particulières de l'énonciation, c'est-à-dire *qui* parle, *où* et *quand*.

l. 77) lorsque Odell « repense à cette journée de février où tout bascula » (p. 43) signale le moment de la narration, situé aux dernières heures de la vie d'Odell. Le jeune homme repense à l'enchaînement funeste des événements depuis les premiers combats en février jusqu'à cette journée tragique.

Le récit d'Odell se concentre aussi sur sa sœur. La jeune fille est de « stature fluette », mais « l'assurance de son pas [contredit] [...] cette apparente fragilité » (p. 35) et si elle « se [laisse] abattre par moments [c'est] pour revenir plus forte l'instant d'après » (p. 68). Hamjha est lucide : elle ne croit pas à un possible salut et la proposition de Juhazni la rend incrédule : « Je sus dès lors [dit Odell] qu'elle détournait son regard pour ne pas trahir la démission qui ne l'avait pas quittée. Je sus qu'elle ne croyait pas elle-même à la perspective de notre fuite » (p. 64). Hantée par le spectacle de la mort de ses parents, elle sait que « le pire [est] advenu [...], déjouant l'effroi à venir » (p. 67) et elle finit par se résigner à l'idée de la mort. Des deux adolescents, elle est celle qui paraît la plus « humaine ». Contrairement à Odell, elle exprime peu à peu ses sentiments : après la disparition du cadavre de ses parents, rageuse, elle roue de coups le tapis qui les enveloppait ; après l'échec de la fuite, elle sanglote et tremble de « spasmes d'effroi », acceptant peu à peu la réalité de l'horreur.

Face à cette situation terrible, Odell, lui, feint l'indifférence, refusant d'« admettre, ce qu'[il s'efforçait] de nier (ou d'oblitérer du moins) depuis la fusillade » (p. 39), et cherche à tout prix à dissimuler son découragement. Hamjha se moque de sa « résistance de fortune » (p. 40), s'indigne de son « incapacité à reconnaître [sa] peur » et de « cette comédie de dignité qu'[il joue], pour survivre, comme un homme » (p. 68). Odell se découvre incapable de pleurer : après la fusillade et la mort de ses parents, le « chagrin et le désespoir ne trouv[ent] plus à s'incarner, égarés dans une histoire où il [semble] inconvenant de se manifester » (p. 37) : Odell a « les yeux secs » (p. 51 et 68) et les garde jusqu'à la fin.

Toutefois, au cours de l'histoire, le jeune homme évolue : au début du récit, il apparaît comme un enfant sur lequel ses parents, même à l'état de cadavres, veillent. La disparition de leurs corps le transforme une première fois et lui fait prendre conscience que lui et sa sœur sont désormais seuls et responsables d'eux-mêmes. Le meurtre du milicien l'ébranle et l'échec de la fuite avec Juhazni le métamorphose : il va affronter la mort. Alors qu'il était tétanisé par la peur, la perte de tout espoir lui fait accepter l'issue fatale. Le récit de cette aventure est donc celui d'un apprentissage. Les épreuves ont conduit Odell à ne plus ressentir de peur et à demeurer debout, plein d'une réelle dignité, devant le groupe de miliciens.

L'« âge de savoir[1] »

L'apprentissage d'Odell est une leçon universelle. Les passages réflexifs[2] ou délibératifs[3] formulent des vérités générales ou des interrogations presque philosophiques sur lesquelles le lecteur est invité à se pencher.

Les deux adolescents sont confrontés à la mort mais pas n'importe laquelle : celle de leurs parents. Cette épreuve constitue un arrachement cruel, une séparation obligée, un passage brutal dans le monde des adultes. Elle leur révèle aussi la pro-

---

1. Voir p. 44.

2. Voir les passages où Odell réfléchit seul.

3. La discussion entre Odell et Juhazni s'engage à plusieurs reprises à la fin de la deuxième partie (p. 74-77).

saïque réalité de la mort, à travers la pourriture de la chair ; à cet égard, la première réplique de Hamjha, surprenante et violente, est significative : « Je ne supporte plus cette odeur, Odell. Pourquoi faut-il que papa pourrisse aussi vite... » (p. 35). La perspective de leur propre mort les amène à penser la condition humaine, la finitude[1] de l'homme et la vanité[2] de l'existence. La mort apparaît bientôt comme le seul salut face à l'horreur de la vie : la dernière partie du roman, intitulée « Libre », associe paradoxalement la liberté au trépas. La mort est synonyme de libération par opposition à la captivité clandestine à laquelle sont contraints les deux jeunes gens.

Le récit propose aussi un questionnement sur le sens de la vie et sur la dignité de l'homme. Odell pense qu'« on meurt sitôt qu'on ne peut plus se regarder en face » (p. 78), et qu'« accepter de mourir, c'est mourir pour quelque chose, fût-ce le pire » (p. 78). Les personnages s'interrogent en outre sur le courage ou la lâcheté dont on peut faire preuve lorsqu'on est confronté à une situation terrible, en l'occurrence la guerre, qui apparaît comme un révélateur. Sans volonté moralisatrice, l'auteur nous livre des personnages intransigeants mais peut-être inconscients, comme le père d'Odell et Hamjha, qui a refusé de fuir la guerre et ses exterminations ; il décrit aussi les lâches, les traîtres, les collaborateurs comme les Tökson ; sans idéalisme, il évoque les faiblesses de l'homme qui n'est ni tout à fait veule[3] ni parfaitement courageux. Ainsi, après l'échec de la fuite, Juhazni est abasourdi par sa lâcheté : il apparaît dès lors très humain – « comme tout le monde », souligne Odell, qui indique que « le plus grand courage, le plus courant, est celui de sa propre survie... » (p. 74). Odell lui-même se défend d'être un

1. ***Finitude*** : fait d'être fini et non pas éternel.
2. ***Vanité*** : caractère vain, absurde, dérisoire.
3. ***Veule*** : lâche.

héros : « Qui, à ma place, eût couru au-dehors voyant les miliciens approcher ? Un héros sans doute » (p. 72).

Dans *Les Yeux secs*, qu'il soit peureux, traître ou brave, l'homme n'a qu'un seul but : « sauver [sa] peau ».

Les Yeux secs

Pour mes parents.

Pour ma sœur.

À la mémoire de ma grand-mère.

«“Allons, vieux, dites la vérité ; avez-vous vu cela ? Y étiez-vous réellement ?” Car toutes les guerres se ressemblent : la même poudre détonante[1] quand il y eut la poudre, le même coup d'estoc[2] et la même parade, avant qu'elle n'existât : les mêmes contes, les mêmes récits, le même que la dernière ou que la prochaine fois. Nous savions donc qu'il y avait une guerre.»

William Faulkner[3], *L'Invaincu.*

(Traduction de R.N. Raimbault et Ch.-P. Vorce)

---

1. ***Détonante*** : qui explose.
2. ***Estoc*** : avec la pointe de l'épée.
3. ***William Faulkner*** (1897-1962) : romancier américain, prix Nobel de littérature en 1949.

NOTE SUR LA PRÉSENTE ÉDITION : le texte d'Arnaud Cathrine est divisé en trois parties. La deuxième est elle-même constituée de plusieurs « chapitres » identifiables par un saut de page. Pour faciliter le repérage dans le texte, nous les avons numérotés. Cette numérotation constitue donc un ajout pour la présente édition et ne figure pas dans l'édition originale de l'œuvre (éditions Verticales, 1998).

I.

Fais le mort

La fenêtre du premier étage est entrouverte. Elle claque de temps à autre. Un souffle capricieux s'engouffre dans l'embrasure, sans parvenir toutefois à chasser l'odeur qui s'est répandue peu à peu dans toutes les pièces.

Quelques maisons voisines de la nôtre ont été épargnées. Elles s'élèvent modestement d'entre les ruines avachies[1].

À gauche, un immeuble finit tout juste de brûler. Par endroits, on en aperçoit l'ossature métallique. L'âcre[2] respiration du feu l'a meurtrie, noircie. Il eût été plus juste de le détruire tout à fait. Des pans[3] de murs calcinés jonchent le bitume.

Plus loin, l'une des grandes avenues de la ville semble sommeiller, abandonnée au silence et comme encombrée d'un espace dont elle ne trouve plus l'usage.

Les passants se font de plus en plus rares. Il faut dire que notre quartier fut le premier visé.

Le vent d'est a charrié la poussière d'un sable gris venu se déposer au coin des trottoirs vides, des balcons désertés. Mais peut-être n'est-ce que la cendre des bombardements.

Depuis le début des combats, le sol martelé par les détonations rend le ciel pareil à un dôme[4] menaçant ; on le croirait gonflé comme un sac d'argile près de céder.

---

1. ***Avachies*** : affaissées.
2. ***Âcre*** : irritante, brûlante.
3. ***Pans*** : parties plus ou moins grandes d'une surface.
4. ***Dôme*** : toit élevé, de forme arrondie ; sorte de coupole, de voûte.

Les soldats de la milice[1] jalonnent les avenues à intervalles réguliers. Raides et attentifs, ils surveillent chacun de nos faits et gestes. Ils ont reçu des ordres que nous connaissons et dont nous tenons compte par crainte d'une nouvelle rafle[2].

Un convoi militaire vient parfois réveiller le silence ombrageux du quartier. Les véhicules anti-émeutes roulent lentement. Leurs vitres sont grillagées. Les miliciens de l'Ouest viennent ainsi nous rappeler à leur triomphe[3]. On trouve toujours à triompher sur des ruines.

Les listes ont été établies depuis longtemps. Les sections[4] chargées des exécutions sont reconnaissables à leurs galons[5] écarlates. Chacune d'entre elles est composée de trois individus – un supérieur, détenteur de la liste, et deux exécutants, jeunes pour la plupart. Ceux-là sont tirés au sort. L'état-major leur impose cette tâche ingrate pour éviter qu'ils ne s'attendrissent sur le sort des civils. Quelques cas de désertion, punis de façon expéditive[6], ont convaincu les plus rétifs[7]. On les voit suivre pas à pas leur supérieur, s'efforcer de singer sa fermeté.

Les sections n'ont pas de temps à perdre en salves[8] successives, la première doit être la bonne. On leur a dit de ne pas regarder le visage des victimes et d'obéir sans état d'âme aux ordres de tir de leur chef.

---

1. ***Milice*** : troupe armée ou formation (souvent illégale) chargée par un groupe de le défendre, en recourant à la force.
2. ***Rafle*** : arrestation massive opérée à l'improviste par la police ; synonyme de descente, de coup de filet.
3. ***Nous rappeler à leur triomphe*** : nous rappeler qu'ils ont triomphé.
4. ***Sections*** : groupes de soldats.
5. ***Galons*** : sortes de rubans cousus sur un vêtement qui permettent de distinguer les grades et les fonctions dans l'armée.
6. ***Expéditive*** : rapide et efficace ; synonyme de hâtive.
7. ***Rétifs*** : récalcitrants, rebelles.
8. ***Salves*** : décharges simultanées de plusieurs armes à feu.

Nourries par la délation[1], les listes s'allongent à mesure que les jours passent. Personne cependant n'en connaît les critères de sélection. Le nouveau pouvoir a les siens qu'il modifie au fil du temps et selon le souvenir des guerres précédentes.

Les sections d'exécution reviennent parfois dans le quartier à la faveur d'un nouveau nom apparu sur les listes. La milice, quant à elle, fait des rondes toutes les deux heures.

Durant les patrouilles, le silence ourdit[2]. Les habitants suivent le bruit des pas sur le bitume liquéfié par la chaleur. Ils restent là, figés par ce signal de mort.

Vivant à l'affût et dans la défiance[3] la plus totale, on a tôt fait de confondre les sons et de s'alarmer du claquement d'une fenêtre. À chacune des opérations de la milice, tout semble prompt à tromper par surprise…

Il est midi. La section opère.

Dans le petit pavillon de droite, les premiers coups de feu retentissent.

Les trois hommes franchissent le seuil de la porte. Ils ont vraisemblablement laissé les corps en place à l'intention de la milice.

Le supérieur désigne notre maison.

Ils passent la grille et traversent le minuscule jardin qui n'a pas été entretenu depuis plusieurs semaines et dont les herbes envahissent l'allée centrale. Ils entrent après une brève halte sur le perron.

L'odeur du grand hall les agresse immédiatement. L'un d'eux grogne. Ils découvrent alors les quatre corps enchevêtrés sur le tapis.

---

1. *Délation* : dénonciation, souvent inspirée par des motifs méprisables.

2. *Ourdit* : au sens propre, le verbe signifie «trame», «machine»; ici, le mot signale la menace que représente le silence.

3. *Défiance* : crainte, doute.

Bruissement de papier.

Le supérieur vérifie sa liste.

L'entrée forme une vaste pièce qui s'élève d'un seul tenant jusqu'au premier étage. Un escalier de marbre y conduit. Une balustrade en fer forgé contourne les trois pans de murs principaux et dessert les chambres. Le hall est sombre. Les rideaux de l'unique fenêtre sont tirés. On discerne cependant la couleur pourpre des tentures.

Les deux exécutants baissent leurs armes dans l'attente d'un ordre de retrait.

Le supérieur contourne les cadavres – un homme et une femme d'une cinquantaine d'années et deux adolescents. On distingue à peine les visages. Ils sont enfouis, calés dans leurs coudes inanimés, comme dans un ultime mouvement de terreur.

L'entassement de ces corps ne semble pas naturel. La section qui s'est chargée de l'exécution les aura sans doute surpris séparément avant de les regrouper dans le hall en un amas hasardeux.

Le supérieur s'empare de quelques enveloppes posées à côté du téléphone en bas de l'escalier. Il prononce notre nom.

Après avoir consulté sa liste, il se fraie un chemin jusqu'à la porte d'entrée, jette un dernier regard sur les cadavres et sort de notre maison, suivi des deux exécutants.

II.

En sursis

[1]

Hamjha[1] fut la première à relever la tête.

« Je ne supporte plus cette odeur, Odell. Pourquoi faut-il que papa pourrisse aussi vite…

– Reste immobile, lui soufflai-je, ils ne doivent pas être loin.

– Je les ai entendus refermer la grille », rectifia ma sœur aussitôt.

Je commençai par ouvrir les yeux puis dégageai mon visage de la chevelure froide de ma mère. Hamjha avait raison, l'odeur venait bien de notre père.

Ma sœur se leva et gravit l'escalier à pas mesurés. Ses cheveux venaient s'épandre sur une chemise froissée par une sueur de plusieurs jours. On devinait à travers le tissu opaque sa stature fluette[2]. L'assurance de son pas contredisait pourtant cette apparente fragilité.

Une fois parvenue au premier étage, elle se baissa, dépassant la fenêtre, et s'agenouilla, les mains apposées au mur, à l'angle où les rideaux bâillent et laissent entrevoir la rue. Son regard en creux affichait une attention résolue. Je demeurai sans force, assis en tailleur auprès de nos parents.

« Il n'est pas question de descendre les corps à la cave », lançai-je soudain.

---

1. Hamjha et Odell sont des prénoms inventés par l'auteur ; leur consonance, slave ou arabe (comme celle des noms propres que l'on trouvera dans la suite), situe l'histoire à l'étranger sans qu'on puisse cependant identifier précisément le lieu.

2. ***Fluette*** : mince, frêle.

La suggestion de Hamjha, si souhaitable fût-elle, ne m'en semblait pas moins risquée. La milice, lors de ses passages, s'apercevrait immanquablement de leur absence.

Nous étions donc condamnés à vivre dans la promiscuité[1] des corps de nos parents pareillement déchiquetés au niveau du thorax.

Voilà trois jours que la fusillade avait eu lieu. Trois jours durant lesquels nous avions dû subir les visites de la milice. Chaque fois nos ventres cognaient à tout rompre. Le risque que notre souffle, empêtré dans l'odeur de décomposition, ne soit pas suffisamment discret nous tyrannisait.

De même, Hamjha et moi redoutions notre toux. L'air vicié[2] de la maison semblait avoir pris d'assaut notre gorge. J'avais conseillé à ma sœur de respirer par la bouche pendant les visites, l'appel d'air plus large contrebalançant le peu d'espace que nous allouait[3] la position de notre visage accolé au tapis. Reste que nous courions le risque de tousser à chaque instant, nous condamnant alors à une mort certaine.

Excepté quelques mots lancés entre eux, tous les mouvements des miliciens se faisaient en silence. Nous ignorions jusqu'à la position de leurs armes, les supposant pointées vers nous.

Ainsi ne suffisait-il pas que nous ayons nuit et jour deux cadavres sous les yeux : la mort revenait nous rendre visite, sans que nous puissions savoir si, cette fois, elle nous désignerait pour de bon.

Quand la milice s'en retournait, l'un de nous allait dans l'une des pièces initialement fermées (nous n'avions rien changé dans la maison depuis la fusillade) afin d'y respirer un air tout aussi rare, du moins plus sain.

Pour finir, Hamjha et moi nous relayions[4] toutes les deux

---

1. ***Promiscuité*** : proximité physique désagréable.

2. ***Vicié*** : devenu peu respirable ; impur, corrompu, pollué.

3. ***Allouait*** : accordait, donnait.

4. ***Relayions*** : remplaçions.

heures à la fenêtre du premier étage, prêts à reprendre en catastrophe notre position de cadavres.

Quinze heures trente. J'observai à nouveau les corps de mes parents. Hamjha avait exigé que l'on tourne leurs visages de sorte que leur regard morne[1] nous soit dissimulé. J'en avais pourtant souvenir – mon père, les lèvres entrouvertes, et ce front où apparaissaient de profondes rides, comme s'il avait pris soin de se vieillir avant d'expirer. Le visage livide de ma mère était libre de tout masque morbide[2], on eût dit qu'elle dormait, apaisée.

Je les avais longuement regardés avant de tourner leur tête de côté. Je fus surpris par la tiédeur de cette peau qui, bien que déjà jaunâtre, n'était pas tout à fait refroidie. La chaleur de la maison les avait tenus dans une fièvre molle qui me levait le cœur[3].

Hamjha m'avait déjà fait remarquer que nous n'avions pas pleuré une seule fois depuis la fusillade. Mais c'était le sentiment convenu[4] des temps de paix que nous aurions dû pleurer. Quelques heures d'un sommeil interrompu par les fausses alertes n'avaient pas suffi à nous rendre toute notre conscience. C'était comme si l'irréalité de ce qui venait d'arriver nous interdisait d'être au fait de ce deuil. Comme si le chagrin et le désespoir ne trouvaient plus à s'incarner, égarés dans une histoire où il eût été inconvenant de se manifester.

Toute notre attention s'en voyait réduite à l'affût. Nous restions silencieux le plus souvent. L'éternité de cette attente absorbait tout, jusqu'au souvenir même de la fusillade. Autant d'images rendues vaines par la menace. Autant d'énigmes que j'étais résolu à ne plus tenter d'éclaircir.

Je me levai et montai au premier étage pour y rejoindre Hamjha.

---

1. ***Morne*** : triste, sans vie.
2. ***Morbide*** : signalant une mauvaise santé.
3. ***Me levait le cœur*** : me soulevait le cœur, me donnait envie de vomir.
4. ***Convenu*** : ici, normal.

« Reste-t-il des allumettes ? » demandai-je.

Ma sœur me regarda d'un air stupide.

Je me courbai sous la fenêtre et en examinai longuement l'embrasure.

« On ne pourra bientôt plus respirer ici, déclarai-je finalement. Il faut créer un courant d'air. »

Je descendis prudemment l'escalier et, une fois que Hamjha m'eut assuré d'un signe de la tête que rien ne venait au-dehors, je traversai l'entrée. Encore une précaution que la panique rendrait bientôt vaine.

J'ouvris la porte qui menait à la cave et utilisai mon briquet pour descendre les marches étroites (dans cette partie de la ville l'électricité était coupée depuis plus d'une semaine).

Une fois en bas, j'allai entrouvrir la fenêtre minuscule qui donnait sur le gravier et la feuillée[1]. Nul ne pourrait s'en apercevoir contrairement à celle du premier étage, plus exposée.

M'étant muni d'une allumette dans la cuisine, je remontai le grand escalier de marbre et, sous le regard dubitatif[2] de ma sœur, me débarrassai d'un tiers du morceau de bois pour placer l'autre entre les deux bords de la fenêtre dans l'espoir que le faible interstice laisserait passer un souffle régulier. Les lourds rideaux pesèrent, déjouant mon installation et rejetant l'allumette à terre. Le bruit sec de la fenêtre se refermant nous fit sursauter. J'attendis que Hamjha eût inspecté la rue pour renouveler ma tentative. Cette fois, l'allumette resta en place.

« Nous n'en verrons les effets que ce soir, fis-je remarquer. L'air est trop chaud cet après-midi. »

Je me penchai sur la balustrade[3]. Les cadavres étaient là, comme veillant sur nous.

---

1. ***Feuillée*** : abri que forme le feuillage des arbres.

2. ***Dubitatif*** : qui exprime le doute.

3. Du palier du premier étage, le narrateur surplombe l'entrée où sont étendus les cadavres.

[2]

Le matin même, Hamjha avait eu un mouvement de colère. Le premier.

« Si la milice revient, j'irai me réfugier au grenier.

– Nous sommes quatre sur la liste[1], lui rétorquai-je. Tu peux bien te cacher, ils te trouveront. Mieux vaut qu'ils nous croient morts et nous oublient. »

Hamjha était assise contre la rampe. Elle soupira, ressassant[2] avec incompréhension notre funeste[3] désœuvrement[4]. Je faisais le guet à droite de la fenêtre.

« Les réserves seront bientôt épuisées, Odell. »

Je ne répondis pas, singeant l'indifférence. Regarder Hamjha, c'eût été admettre ce que je m'efforçais de nier (ou d'oblitérer[5] du moins) depuis la fusillade.

Hamjha hésita, puis murmura lentement :

« Parfois, j'aimerais sortir dans la rue pour aller me jeter sous leurs armes. Ils me tueraient. Ce serait fini.

---

1. Il s'agit de la liste détenue par l'état-major et fournie aux sections chargées des exécutions ; les quatre noms sont ceux des deux adolescents et de leurs parents.

2. ***Ressassant*** : faisant repasser dans son esprit.

3. ***Funeste*** : sinistre, dramatique.

4. ***Désœuvrement*** : désigne l'absence d'activité et le sentiment de malaise ou d'abattement qui l'accompagne.

5. ***Oblitérer*** : ici, oublier progressivement.

– Tu nous condamnerais tous deux. »

Hamjha désigna les corps dans l'entrée :

« Crois-tu venger leur mémoire ? Ta résistance de fortune[1] n'aura qu'un temps… »

Il m'arrivait d'invoquer[2] mon mépris pour les vainqueurs. Hamjha arguait[3] sèchement qu'ils nous tueraient comme les autres, déjouant mes velléités[4] de dignité. Il faut dire que ses forces s'étaient sensiblement amenuisées[5] depuis quelques heures. Aussi commençais-je à m'en méfier. Il me semblait brusquement que je surveillais la rue tout autant qu'elle, comme si je craignais que Hamjha ne s'y précipite.

« Ils viendront bien un jour ou l'autre, lançai-je.

– Qui donc ? »

Eux… Tout tenait dans ce bout de phrase qui manquait. Cette seule illusion m'aidait à supporter notre clandestinité qui sans cela m'eût paru atroce d'absurdité.

À gauche de l'immeuble incendié habitaient des amis de mes parents, les Tökson. Ils avaient été épargnés. J'enviais leur liberté relative bien qu'accablé à l'idée qu'ils auraient été les seuls à pouvoir faire quelque chose pour nous et qu'ils ne pouvaient rien. Sans doute nous croyaient-ils morts.

Un réseau de résistance s'était-il organisé en ville ? Dans mes moments d'espoir les plus fugaces[6], j'imaginais que Tökson en faisait partie, qu'une nuit il nous apporterait des vivres et nous assurerait d'une libération prochaine. On croit pouvoir parfois retarder la mort : simplement en ne la regardant pas en face.

Ce matin-là, Hamjha descendit l'escalier sans quitter du regard les cadavres.

---

1. ***De fortune*** : provisoire, fragile.
2. ***Invoquer*** : faire appel à, avoir recours à.
3. ***Arguait*** : argumentait (du verbe « arguer »).
4. ***Velléités*** : intentions.
5. ***Amenuisées*** : affaiblies.
6. ***Fugaces*** : brefs, passagers.

Je m'étais bien gardé de lui confier ma plus grande crainte. N'importe qui pouvait accéder à la cuisine par une porte dérobée. Inutile de la fermer à clef, la section l'avait utilisée lors de son premier passage. Elle donnait derrière la maison. De la fenêtre du premier étage, il était impossible de surveiller cette façade. Si la milice décidait d'entrer par là, c'en serait fait de nous. Aussi étions-nous convenus (à l'insu de ma sœur) que tout bruit suspect au rez-de-chaussée devrait être signalé. Y compris par celui dont ce n'était pas le tour de guetter.

À seize heures, un repli inattendu des troupes se fit entendre. J'en informai Hamjha afin qu'elle se tînt prête à reprendre sa place. Curieusement, les soldats quittèrent la rue en enfilade serrée. Je comptai machinalement leurs pas. La poussière les accompagnait, voilant un moment les ruines brûlantes, s'évadant au-dessus d'elles comme pour attirer jusqu'à nous la voûte plombée du ciel. Dans le même temps, je me convainquis que c'était le moment ou jamais d'envoyer un signe de vie aux Tökson.

Une fois assuré que nul soldat n'était en vue, j'ouvris l'un des rideaux et me postai derrière la vitre.

Hamjha monta à mes côtés, me jugeant fou.

Je lui expliquai :

« On regarde plusieurs fois par jour chez ses voisins, même à son insu. On s'habitue à l'image d'un volet clos, d'une fenêtre ouverte, le moindre changement éveille notre curiosité. Si les Tökson aperçoivent l'un des rideaux ouverts, ils comprendront que nous sommes encore en vie. »

Je priai pour que l'un des deux jette un regard furtif[1] vers notre maison. Hamjha me fit alors remarquer que l'orientation du soleil à cette heure rendait la vitre aveuglante, qu'il était par conséquent impossible qu'on discernât quoi que ce fût de changé sur la façade de notre maison. Je dégageai donc l'allumette et

1. ***Furtif*** : qui se fait à la dérobée ; fugace, rapide.

entrouvris plus franchement l'un des battants de la fenêtre, exposant mon visage à la rue. La maison demeurait muette et impuissante. Hamjha ébauchait des gestes de panique, à court de paroles devant mon inconscience.

J'eus tout juste le temps de dégager mon visage lorsque les soldats de la milice revinrent. Je refermai la fenêtre et tirai le rideau précipitamment. Une fois l'allumette en bonne place, je laissai Hamjha à son poste de guet, prenant soin de dissimuler mon découragement.

[3]

Je repense à cette journée de février où tout bascula et c'est comme s'il me fallait invoquer quelque fatalité. Comme si la sentence[1] *était tombée. Comme si nous avions payé nous aussi.*

Un soir que nous rentrions d'un dîner chez les Tökson, je remarquai un air inquiet à mon père. C'était aux premiers jours des combats. N'ayant pu retenir ma mère et ma sœur au salon, nous nous assîmes tous deux devant le feu alourdi de cendre et déjà presque étouffé.

Tandis que j'y ajoutais quelques bûches, mon père prit une voix incertaine et m'annonça que Gaone Tökson[2] *avait quitté le comité des Affaires sociales où lui-même siégeait depuis plusieurs années. Tökson prétendait que des factions*[3] *se préparaient à intensifier la guerre et que des représailles étaient à prévoir contre ceux qui hésitaient quant au choix de leur camp*[4].

Je revins m'asseoir en face de lui. Il me fixait avec sévérité, comme pour trouver sur mon visage les marques d'un assentiment[5] *qui viendrait conforter sa déception.*

---

1. ***Sentence*** : décision rendue par un juge ou un arbitre ; arrêt, jugement.

2. ***Gaone Tökson*** est le voisin de la famille d'Odell ; il évoque plus loin sa femme, Kwira.

3. ***Factions*** : groupes ou partis qui cherchent à déstabiliser le pouvoir établi.

4. Gaone Tökson démissionne du comité des Affaires sociales pour se protéger et prouver qu'il ne s'oppose pas au pouvoir que les factions menaçantes veulent conquérir par la force.

5. ***Assentiment*** : accord, acquiescement, approbation.

« Regarde bien comme nous croyons connaître ceux avec qui nous vivons, prononça-t-il lentement. Il suffit parfois d'un seul geste pour nous détromper... »

Il soupira avec impatience :

« Ai-je demandé à faire brûler mes livres, moi[1] *?*

– Alors tu veux que nous restions ? avançai-je timidement. Il y a dix ans, tes parents ont voulu rester eux aussi... Ils ont péri sous les bombardements. »

Mon père ne répondit pas. Je ne mesurai pas la dureté de mon constat, préoccupé par notre improbable départ.

« Ça recommence. La même chose, le même pays. Était-ce inévitable que ça recommence ? Et peut-être Tökson a-t-il raison...

– Le départ de Tökson trahit brusquement ce qu'il est vraiment et que je n'ai jamais voulu reconnaître[2]*. »*

Prostré[3] *dans un silence ahuri, mon père jeta sa cigarette au feu. Son regard s'évanouit dans la torpeur des flammes.*

Je comprenais par ces rudes paroles qu'il me considérait maintenant en âge de savoir. Il lui arrivait depuis quelques semaines de me parler de la guerre en termes sévères, comme s'il n'était déjà plus temps de me ménager ou comme s'il fallait que je me prépare à vivre sans lui.

Là-dessus, il eut un rire bref, cherchant soudain une mesure plus légère à ses sombres pensées :

« Quelle femme odieuse, cette Kwira Tökson, n'est-ce pas ? »

Je souris à mon tour, partageant le dédain de mon père. Kwira était une bourgeoise affable[4] *et dévouée, qui dépensait son temps en avis maladroits, coupant court aux conversations qui la dépassaient*[5] *de la façon la moins scrupuleuse qui fût.*

---

1. Le père d'Odell fait allusion aux livres qu'il a écrits et qui pourraient le compromettre auprès des factions : les brûler aurait pu le protéger lui et sa famille...

2. Le père d'Odell évoque le caractère craintif et lâche de Tökson.

3. ***Prostré*** : abattu, accablé, effondré.

4. ***Affable*** : aimable, polie.

5. Kwira Tökson interrompt les discussions qu'elle ne comprend pas.

Confusément impressionnée par mon père, elle aimait à le faire parler de ses livres, se donnant ainsi l'occasion de claironner[1] *ses opinions saugrenues*[2]*; car c'était une réserve fréquente chez elle qu'ils manquaient parfois au bon goût (la revanche des femmes trompées...)*[3]*.*

Revenant de ces soirées durant lesquelles il avait pu constater que les livres ne forment pas plus le jugement que la vie, mon père mesurait avec agacement la vanité que Kwira parvenait à tirer de ses propres méprises. Gaone Tökson demeurait interdit en pareil cas, laissant avec découragement sa femme à ses pauvres mondanités[4]*. Au fond, mon père lui savait gré*[5] *de ce silence; car c'est toujours un grand courage pour certains de parvenir à se taire lorsqu'on n'a rien à dire.*

« Qu'aurions-nous fait sans la bienveillance de Juhazni? reprit mon père.

– Pourquoi Juhazni vient-il encore aux dîners de Kwira? demandai-je.

– Par politesse, rit mon père. Je crois bien qu'il y trouve malgré tout quelque amusement...

– Il a sauvé notre soirée, effectivement.

– Malheureusement, les rumeurs n'ont que faire de ton avis, mon petit Odell. »

Je ne compris pas de quelles rumeurs il voulait parler. Il regagna son bureau, pénétré de pensées que je savais concerner la guerre.

Traversant le hall pour monter dans ma chambre, je crus le trouver à écrire. Il tenait devant lui une lettre dont j'ignorais encore le contenu.

---

1. *Claironner* : proclamer avec éclat.

2. *Saugrenues* : curieuses, absurdes, ridicules.

3. Kwira Tökson reproche aux œuvres du père d'Odell de manquer parfois au bon goût; cette critique – qualifiée de «saugrenue» – permet à ce dernier de souligner sa droiture, dont manque le mari de Kwira, qui la trompe.

4. *Mondanités* : conversations polies échangées entre gens de la bonne société.

5. *Lui savait gré* : lui était reconnaissant.

Je gravis l'escalier, soucieux de ce qu'il eût passé une si détestable soirée.

Mon père savait que notre nom figurerait sur les listes. Il n'en parla à aucun moment.

C'est à ce silence que je pense aujourd'hui.

[4]

Il était dix-sept heures et la milice terminait sa ronde. Les soldats réinvestirent le poste qui leur incombait[1] tandis que Hamjha et moi nous dégagions de l'enchevêtrement des cadavres où nous nous étions réfugiés.

Je me glissai sous la fenêtre du premier étage, m'efforçant de respirer un peu d'air. Hamjha était descendue à la cave, dans l'espoir que l'odeur ne l'y suivrait pas.

La maison des Tökson demeurait inerte. En face, le feu s'était assagi jusqu'à s'évanouir complètement. La fatigue troublait déjà ma vue, gommant les contours des ruines. Vision confuse. Pareille à celles qui nous assaillent après un cauchemar.

J'allais revenir à la demi-obscurité du grand hall lorsque j'aperçus deux miliciens[2] sortant du pavillon mitoyen[3] et traînant derrière eux des cadavres (le bruit des corps soumis, le froissement des hanches dociles quand elles glissent du trottoir). Ils les emportaient probablement à la périphérie de la ville pour les brûler.

Je descendis l'escalier précipitamment, manquant m'effondrer à chaque pas. Il me fallait prévenir ma sœur, la milice venait nous chercher. Comment n'y avais-je pas pensé plus tôt, comment

---

1. ***Qui leur incombait*** : qui leur revenait.

2. À midi, Odell avait entendu des coups de feu et vu sortir du pavillon voisin trois hommes appartenant aux sections d'exécution (voir p. 31).

3. ***Pavillon mitoyen*** : pavillon d'à côté, qui touche celui d'Odell et Hamjha.

n'avais-je pas deviné qu'ils ne nous laisseraient pas pourrir ici ?

Plongeant mon buste dans l'escalier, j'appelai ma sœur d'une voix pressante. Hamjha ne venait pas. Elle était sans doute allée respirer l'air au fond de la cave en dépit de mes recommandations. Je l'appelai de nouveau et constatai que nos chances d'échapper à cette ultime visite étaient infiniment minces. Que nous simulions, et la milice, en s'emparant de nous, constaterait la chaleur de nos corps. Pire : en admettant que nous arrivions sains et saufs dans le funeste champ, nous nous verrions abandonnés au milieu des cadavres et du feu, incapables de nous ruer hors d'atteinte sans nous faire exécuter en chemin.

De dépit[1], j'optai pour une solution tout aussi dérisoire[2] : aller me cacher à ses côtés. La milice nous trouverait calfeutrés[3] l'un contre l'autre près de la chaudière et nous tuerait.

Je dévalai l'escalier de la cave. Hamjha s'était réfugiée dans la dernière pièce. Elle m'assura n'avoir rien entendu de mes appels successifs. Je donnai l'alerte : la milice était en charge de ramasser les corps, elle arrivait, c'était fini.

Hamjha glissa contre la chaudière.

Trépignant pour chasser la frayeur qui s'appesantissait, je m'éloignai et allai me poster près de la petite fenêtre que j'avais ouverte précédemment.

Là, je pus entendre de nouveau le bruissement des corps qu'on chargeait dans une fourgonnette, ainsi que quelques échanges de paroles. Je m'étonnai de ne pas voir déjà les miliciens s'engouffrant avec sévérité dans l'escalier de la cave.

Le souffle saccadé de ma sœur. La peur qui finit par s'évanouir, puis revient, plus forte, plus tyrannique. La peur qui vous vide les jambes et le haut du ventre. Une peur qui tétanise l'ensemble du corps.

---

1. ***Dépit*** : amertume qu'on éprouve devant l'impuissance.
2. ***Dérisoire*** : ridicule, absurde.
3. ***Calfeutrés*** : enfermés.

Un moteur ronfla. Puis le silence à nouveau.

Rien ne venait. Je retournai auprès de ma sœur, désarçonné[1] et toujours alarmé.

«Ils sont repartis ? demanda-t-elle aussitôt.

– Je n'entends plus rien.

– Alors c'est qu'ils ne viendront plus.»

J'hésitai à entendre dans cette remarque une question soucieuse de mon assentiment ou la fermeté d'un constat.

«Peut-être en ont-ils laissé quelques-uns[2] pour continuer la ronde, remarquai-je.

– Si la section a fait une erreur dans la liste, il se peut très bien que la même se soit glissée dans la leur[3], enchaîna ma sœur qui cherchait à se convaincre que le danger n'était plus à craindre.»

Je crus entendre un bruit et lui pinçai l'épaule pour la faire taire. Le silence nous replongea dans l'incertitude.

«La milice est passée chez nous plusieurs fois, Hamjha. Elle sait pertinemment[4] que quatre cadavres jonchent l'entrée. C'est incompréhensible. Elle a toutes les raisons de venir nous chercher et ne vient pourtant pas.»

Ma sœur soupira, rendue à l'évidence :

«Allons-y et nous verrons bien s'il se trouve quelqu'un dans l'entrée.»

Elle me saisit la main pour que je l'aide à se lever. Lentement nous traversâmes les deux pièces obscures de la cave et parvînmes dans le premier réduit faiblement éclairé par la fenêtre. Les cernes de ma sœur luisaient encore des larmes qu'elle avait versées.

Nous montâmes l'escalier. Vingt marches que l'appréhension faisait défiler plus vite que je ne l'aurais voulu.

---

1. ***Désarçonné*** : déconcerté, embarrassé.

2. ***Quelques-uns*** : quelques cadavres.

3. Hamjha pense que les listes des sections d'exécution et de la milice omettraient de signaler leurs cadavres et ceux de leurs parents.

4. ***Pertinemment*** : très exactement.

Une fois parvenu au niveau de la porte qui ouvrait sur le hall, je m'arrêtai. Je sentis la salve imminente[1] et restai paralysé. Hamjha m'adressa un geste timide dans le bas du dos. L'instant d'après, je m'introduisis d'un pas franc dans la grande pièce, la mine contrite[2], comme pour devancer l'étonnement de celui qui devait s'y trouver.

Personne.

Lâchant la main de ma sœur, j'allai dans la cuisine.

Toujours personne.

« Les portes des chambres sont fermées, annonça Hamjha. Celles du salon et du bureau également. Non, personne n'est venu. »

Je la regardai sans sourciller. Je craignais qu'un milicien ne se cache ici dans l'espoir de nous surprendre.

Je réintégrai le hall d'entrée d'un pas lourd mais reculai presque aussitôt, la poitrine battante : les corps de nos parents avaient été enlevés.

1. ***Imminente*** : sur le point de se produire.

2. ***La mine contrite*** : avec l'air de celui qui se repent, qui demande pardon.

[5]

Nous comprîmes réellement que nos parents étaient morts lorsque leurs cadavres eurent disparu. La puanteur ne veillerait plus à nos côtés, comme l'unique vestige d'une bienveillance perdue. Nous étions seuls. Seuls responsables devant ce qu'il adviendrait de nous. C'était à coup sûr nous infliger les affres[1] auxquelles nous avions cru jusqu'alors échapper.

Les yeux secs, je remontai au premier étage dans l'idée qu'il ne fallait pas laisser notre poste de surveillance vacant. Hamjha frappa du pied sur le tapis pour tout sanglot d'injustice. Je me penchai sur la balustrade et lui ordonnai de cesser, la fenêtre entrouverte menaçant de laisser percer les bruits.

« Ils nous les ont pris, m'opposa-t-elle, nous ne les verrons plus ! »

Et elle redoublait de virulence contre le tapis déserté, comme rouant[2] le souvenir des corps, les accusant, dans son désarroi, de nous avoir abandonnés.

Je lui demandai d'aller chercher quelques vivres dans l'espoir qu'elle se calmerait. Elle ne prêta tout d'abord pas attention à ma requête ; le chagrin qui soufflait à présent en abondance la rendait sourde.

---

1. ***Affres*** : tourments, tortures.
2. ***Rouant*** : battant violemment ; Hamjha frappe le tapis « déserté » où ont reposé les corps de ses parents.

Je me levai et me rendis moi-même à la cuisine. Il ne restait que deux boîtes de conserve.

Je pris Hamjha dans mes bras.

« Pleure, lui murmurai-je, pleure s'il le faut, mais en silence... »

Je la menai sous la fenêtre du premier étage, m'assis à son côté et commençai à planter par à-coups mon couteau dans la première boîte. La cuisine était vide à présent ; je craignais fort que la cave ne le fût également.

Une fois que la boîte fut ouverte, je la tendis à ma sœur qui la refusa. Agenouillé, je saisis entre mes ongles noirs quelques légumes et jetai un regard par la fenêtre.

Peut-être n'aurions-nous plus aucun moyen de nous sustenter[1] dans les jours à venir. J'évinçai d'emblée la possibilité de soudoyer[2] un milicien. Ceux-ci s'étaient avérés inflexibles depuis le début des événements. Tenus à une stricte obéissance. On ne commettait pas d'excès dans cette partie de la ville ni n'exerçait de tortures (le pire en somme : la mort pure et simple...). De fait, il ne semblait pas plus envisageable qu'à l'inverse on pût les attendrir.

Pourquoi n'étaient-ils pas venus nous chercher ? Les miliciens, à l'instar des[3] sections, ne se déplaçaient jamais que sous l'autorité d'un gradé, détenteur de la liste. L'un d'eux soupçonnait notre clandestinité, j'en étais maintenant convaincu.

J'imaginai un instant que la milice, humiliée, avait décidé de différer notre mort et de faire peser sur nous la terrible langueur de l'attente. Après tout, pourquoi devrait-elle demeurer aussi docile et crédule qu'elle l'avait été jusqu'à maintenant ? En admettant qu'il y ait eu une erreur dans la liste, jouerions-nous éternellement notre vie sur le hasard ?

1. ***Nous sustenter*** : nous nourrir.
2. ***Soudoyer*** : corrompre, acheter.
3. ***À l'instar des*** : de même que les, comme les.

« Odell, comment fais-tu pour ne pas pleurer ? » me demanda Hamjha au terme d'un long silence.

Je lui adressai un regard indifférent à force de fatigue.

« J'aimerais en finir avant que le désarroi ne m'ait définitivement achevé, lui répondis-je enfin. Mourir avec la dignité que nos parents ont eue. Tu en es sans doute plus capable que moi.

– Moi ? Je n'aurai aucun courage. Je mourrai sans dignité. Je serai pleine d'horreur tant que je ne serai pas morte. »

Silence confus.

Je repliai le canif qui m'avait servi à ouvrir la boîte et le glissai dans ma poche arrière.

« On dirait que tu ne veux pas comprendre, lança ma sœur. Regarde-toi : tu ne parles plus, tu ne réagis même plus et ne fais que guetter. Mais que crois-tu à la fin ? Que tu vas te réveiller et que tout sera terminé ?

– Oui, murmurai-je après une brève hésitation. C'est ça, j'attends que tout soit terminé. Je serais capable de me raccrocher à n'importe quoi, même si ça doit nous séparer. Je ne peux plus attendre avec cette peur au ventre. »

Le jour tombait lentement, la chaleur n'en semblait pas moins oppressante. L'odeur putréfiée[1] flottait par résidus parcimonieux[2] ; j'avais réussi un moment à l'oublier.

Je n'avais pas osé regarder ma sœur durant ces brèves paroles. En silence, je relevai la tête pour la première fois. C'est alors que je vis le milicien en haut de l'escalier.

Il était âgé d'une trentaine d'années mais affichait un grade déjà élevé[3]. Son visage ne m'était pas inconnu. Il avait sans

---

1. *Putréfiée* : de putréfaction, de pourriture liée à la décomposition des cadavres des parents d'Odell et Hamjha.

2. *Parcimonieux* : rares, peu abondants.

3. Cette précision confirme l'hypothèse d'Odell selon laquelle un « gradé, détenteur de la liste [...] soupçonnait [leur] clandestinité » (p. 52, l. 42-43).

doute fait partie de la section chargée d'emporter les cadavres. Il revenait savourer égoïstement sa trouvaille.

De la pointe de son arme, il nous fit signe de nous mettre debout. Spontanément, ma sœur leva les bras et s'engagea d'un pas hésitant dans l'escalier. Sa bonne volonté parut lui arracher un sourire. La satisfaction qu'il tirait de son pouvoir était répugnante. Je pris sa suite, non sans la même docilité[1] ; les quelques forces qui me restaient ne m'évitaient pas la peur.

De quel droit se chargeait-il lui-même de l'exécution ? Je mesurai soudain l'absurde fierté de ce gradé.

Nous descendîmes lentement le grand escalier de marbre, Hamjha tête basse, moi fixant le tapis qui recueillerait dans un instant sans doute nos ventres rompus[2].

Le milicien baissa son arme et, sans quitter des yeux ma sœur, posa le sac qu'il portait sur le dos, lui intimant l'ordre de l'ouvrir.

Alors, profitant de ce bref sursis, je saisis mon couteau et le plantai dans la nuque du milicien. Hamjha ne put contenir un gémissement d'horreur. Paralysé par la douleur, il s'affaissa. Je tournai plusieurs fois la lame dans la plaie, espérant atteindre le cervelet[3].

Il cessa de se débattre.

Il était mort.

« Qu'as-tu fait ? répétait ma sœur. Ils nous tortureront pour ce que tu as fait ! »

Je tombai à genoux à côté du cadavre.

Aurais-je le courage de mourir sagement ?

Dans un geste vain, j'ouvris le sac.

Il était rempli de vivres.

---

1. ***Docilité*** : soumission, obéissance.

2. ***Rompus*** : touchés et transpercés par la décharge mortelle.

3. ***Cervelet*** : partie du cerveau qui est le centre de coordination des mouvements musculaires.

[6]

Je traînai le cadavre avec difficulté jusqu'à la cave et le dissimulai derrière la chaudière.

Là, je fouillai ses poches et trouvai un portefeuille contenant quelques billets de banque et une liste. J'utilisai mon briquet pour lire ce qui y était inscrit. Les noms figuraient par quartier. Je cherchai les nôtres : Pentchka Fosske (Mhotja[1]. Hamjha. Odell).

Je ne m'attardai pas et remontai au côté de ma sœur, muni de la liste. Elle détaillait le contenu du sac :

« Des conserves, du pain et des fruits. Tout ce qui demeure introuvable en ce moment... »

Hamjha me paraissait s'être résolue au meurtre du gradé. Je me trompais.

« Cet homme voulait nous aider.

– Je ne pouvais pas savoir, répondis-je d'un ton sec.

– Et qu'arrivera-t-il lorsqu'ils s'apercevront qu'un des leurs manque à l'appel ?

– Ils n'ont aucune raison de venir le chercher ici, tonnai-je. Il a trahi les siens et n'aura donc parlé de nous à personne.

– Et si quelqu'un l'a vu entrer dans la maison et n'en pas ressortir ? interrogea Hamjha d'une voix appuyée.

– J'ose espérer qu'il est entré par la porte de la cuisine. De là, personne n'aura pu le voir.

---

1. ***Pentchka Fosske*, *Mhotja*** : il s'agit des parents d'Odell et Hamjha.

– La porte de la cuisine ? »

Je devançai son étonnement avec véhémence[1] :

« Ne comprends-tu pas que c'est une chance pour nous d'en réchapper ? La milice n'a plus aucune raison de venir ici puisque les cadavres ont été officiellement enlevés. Quant à ceux qui ont mené l'opération, ils s'en seront débarrassés sans savoir qu'il devait y en avoir quatre. Pourquoi auraient-ils eux aussi accès à la liste ?

– Pourquoi pas. »

L'évidence m'était apparue au moment de formuler ma remarque.

Le bureau de mon père était resté en l'état depuis sa mort. J'entrai, pris de vertige, comme si la vue des murs froids m'eût été plus insupportable que celle de son corps inanimé.

On dit que les disparus ne cessent jamais de nous accompagner. Mais rien, je ne sentais rien de sa présence ici. Mon père m'avait été bel et bien arraché. Je restais sans plus d'images de lui que son effroi au moment de la fusillade. Son souvenir rajeunirait-il bientôt ? Son bras familier tarauderait-il[2] mes pensées avant que le courage de penser à lui ne me manque ?

Je me penchai au-dessus du bureau et observai son écriture sur les feuillets en désordre. Sa silhouette qui avait creusé le fauteuil où il travaillait chaque jour.

Je pensai un moment chercher l'un de ses livres dans les rayons de la bibliothèque (sa photo y figurerait sans doute) mais me ravisai en chemin.

À côté du téléphone, j'aperçus une feuille pliée, au dos de laquelle perçait le relief d'une écriture. Je m'en emparai, la poitrine inexplicablement battante, et découvris la signature de

1. ***Avec véhémence*** : avec emportement.
2. ***Tarauderait-il*** : tourmenterait-il.

Juhazni. En quelques lignes hâtives, ce dernier suggérait à mon père la fuite, lui assurant qu'il en était encore temps. La missive datait du 15 mai. Elle avait été froissée (par mon père ?), comme pour être jetée.

À ma stupeur succéda la colère : ainsi donc, mon père avait rejeté la proposition de Juhazni, allant jusqu'à nous en taire l'existence… Longtemps, mon père s'était montré incapable de croire à la guerre, incapable d'imaginer au fond que l'histoire puisse radoter de la sorte. Il avait sans doute fallu qu'il voie la crosse des miliciens pour se rendre à l'évidence. Avait-il hésité ? Avait-il relu ce mot pour qu'il soit resté sur le bureau, ou un autre membre de la famille en avait-il pris connaissance depuis ? Oui, ma sœur. Mais je l'ignorais encore.

Je lâchai la feuille, regrettant d'avoir passé le seuil de cette porte.

Du bureau, j'entendis Hamjha m'appeler car c'était à mon tour de guetter. Je montai et me postai à droite de la fenêtre du premier étage.

« Que faisais-tu dans le bureau de papa ? » me demanda-t-elle.

Elle avait compris.

Je ne répondis pas. C'est toi que nous accusions en silence, papa.

J'eus une pensée pour Juhazni. Où était-il à présent ?

Je soupirai et m'approchai de Hamjha. Je commençai à lui caresser le visage et m'attardai un instant sur ses lèvres.

« Arrête ça, Odell. »

Elle me repoussa lentement et m'adressa un regard farouche, comme ne me reconnaissant plus. Je revins à mon poste de guet.

C'est à ce moment précis que j'aperçus dans la rue un milicien qui s'entretenait avec Tökson.

Dans un mouvement précipité, je vérifiai l'orientation du soleil et entrebâillai l'un des pans du rideau. Il eût été trop dangereux d'ouvrir la fenêtre, j'accolai donc mon visage à la vitre dans l'espoir qu'il me verrait.

«Tu es fou!» gronda ma sœur, me tirant vers elle pour me faire basculer à terre.

Au bout de quelques instants, elle parvint à me faire perdre l'équilibre. Elle remit elle-même le rideau en place, maugréant[1] que j'aurais bientôt notre mort à tous deux sur la conscience. Ses mains tremblaient légèrement.

Je n'avais certes pas prêté attention aux miliciens postés dans la rue. Mais là se bornait la conscience de mon imprudence. Une certitude toutefois entamait mon désarroi : le regard que Tökson avait lancé vers la maison ne trompait pas.

---

1. ***Maugréant*** : râlant, ronchonnant (du verbe «maugréer»).

[7]

Une fois que mon père eut quitté la maison, escorté par les trois miliciens, nous restâmes interdits dans la salle à manger.

Ma mère plia sa serviette, la déposa à côté de son assiette et, croisant les mains pour en calmer l'imperceptible tremblement, nous observa tour à tour. Ma sœur me renvoya ce regard dans un mutisme[1] inquiet.

Soupirs saccadés de ma mère. Ceux qui précèdent les larmes. Hamjha prit la parole. C'est à moi qu'elle s'adressait :

« Il ne reviendra pas.

– Tais-toi, Hamjha. Et ne me regarde pas comme ça, maman. Si notre nom figurait sur la liste, ils ne l'auraient pas emmené à l'hôtel de ville pour l'interroger. La milice ne perd pas de temps dans ces cas-là. Il sera de retour dans une heure ou deux. »

Ma mère se pencha au-dessus de la table et se passa la main sur le front.

« Le gradé n'a-t-il pas prononcé le nom de Tökson ? » demanda-t-elle.

Je me rappelais seulement que le milicien avait brandi une feuille griffonnée en toute hâte. Sans doute l'ordre de convocation. Mon père s'était levé lentement. Il avait jeté vers nous un bref regard qui se voulait rassurant. Le gradé lui avait cédé le passage, suivi des deux autres soldats.

---

1. ***Mutisme*** : fait de ne pas parler, silence ; on trouve l'adjectif « mutique », p. 65, l. 113.

« Que dira votre père si on lui demande des informations à propos des Tökson ? soupira ma mère.

– Ce qu'il a à dire, rétorquai-je vivement, à savoir qu'ils n'ont rien à craindre de cette lavette[1] *qui les craint lui-même bien assez comme ça !*

– Odell, je ne veux pas que tu parles des Tökson ainsi. Tous les imbéciles ne sont heureusement pas des salauds. »

Ma mère sourit, surprise elle-même par sa remarque. J'aurais voulu m'excuser. L'anxiété me fut un bâillon[2].

Je proposai en désespoir de cause d'aller nous asseoir au salon. On ne me répondit pas.

Je me tournai vers ma mère :

« Quelles sont ces rumeurs dont m'a parlé papa à propos de Juhazni ? »

Ma mère marqua un silence, étonnée d'apprendre que mon père y avait fait allusion devant moi.

« Il sera bientôt en sûreté[3]*, esquiva-t-elle*[4].

– Que lui reproche-t-on exactement ? »

Elle fixa ma sœur, comme pour enrayer[5] *ma curiosité.*

« On a vite fait de s'inventer des coupables, Odell. »

Je fronçai les sourcils et repris :

« S'il est soupçonné de collaboration, c'est qu'il doit être bien vu de la milice. Alors pourquoi voudrait-il fuir ? Lui au moins aurait la vie facile… »

Ma mère ne répondit pas. Son silence fut brusquement interrompu par les sanglots de ma sœur :

« Je ne parviens pas à croire que le sort va se retourner contre nous. Dans ce cas-là, je préfère mourir avec papa. »

---

1. *Lavette* : homme lâche, mou, sans énergie (familier et méprisant).

2. *Bâillon* : au sens propre, morceau d'étoffe que l'on met contre la bouche de quelqu'un pour l'empêcher de parler ou de crier. Odell l'emploie ici au sens figuré pour signifier que la peur l'empêche de s'exprimer.

3. *En sûreté* : à l'abri, en sécurité.

4. *Esquiva-t-elle* : se défila-t-elle.

5. *Enrayer* : arrêter.

Ce fut l'ultime moment où nous sentîmes les choses basculer.

Nous ne savions pas que nos parents mourraient sans nous et que le pire, au fond, nous était réservé. Car le vrai crime ne fut-il pas de nous laisser maladroitement en vie ? Nous laisser, de longues nuits durant, imaginer une mort certaine.

Ce soir-là, on interrogea mon père à propos de Gaone Tökson. Des traces de son passage au comité des Affaires sociales avaient réveillé la paranoïa[1] *de l'état-major.*

On fit savoir à mon père que les organes[2] *décentralisés de notre pays (à présent bien implantés) étaient l'objet de toutes les attentions. Quelques hauts fonctionnaires avaient été évincés*[3]*, exécutés dans certains cas.*

Mon père sut lire entre les lignes. Il assura à l'état-major que Tökson avait quitté le comité en temps et en heure, déplorant[4] *les orientations politiques dudit organisme.*

Rentrant tard dans la nuit, mon père relata précisément l'entretien, ajoutant que nul grief[5] *ne lui avait été directement adressé pour avoir renouvelé, quelques mois auparavant (la guerre était imminente), sa candidature au comité.*

Nous montâmes nous coucher et ne dormîmes pas.

La fusillade eut lieu à onze heures, le lendemain matin.

---

1. ***Paranoïa*** : méfiance excessive.
2. ***Organes*** : organismes, institutions.
3. ***Évincés*** : écartés, chassés, démis de leur fonction.
4. ***Déplorant*** : regrettant.
5. ***Nul grief*** : aucun reproche.

[8]

Le froissement du rideau m'éveilla à deux ou trois reprises, me laissant presque immédiatement replonger dans l'obscurité fiévreuse du hall.

Dans les derniers moments que j'avais passés à guetter, ma vue avait décru progressivement; la voûte profonde de la nuit m'avait soudain paru grignoter la rue, diffuse et liquide, jusqu'à la faire disparaître tout à fait.

L'extrême fatigue avait en quelque sorte apaisé mon état d'alarme, jusqu'à le rendre vain. Mon regard pesait tant que je m'endormis malgré le danger encouru à laisser la maison sans surveillance.

Je sortis brutalement de ma torpeur. Mon premier réflexe fut de regarder dans la rue, comme l'enfant qui a manqué un instant à son devoir singe[1] soudain avec empressement une concentration profonde.

Je me penchai sur la balustrade. Hamjha était agenouillée sur le tapis. Elle composait un numéro de téléphone.

Déconcerté, je descendis l'escalier de quelques marches.

Comme si je l'eusse surprise, elle me fit signe de remonter guetter. Négligeant ses gestes véhéments[2], je m'accroupis près d'elle et m'emparai de l'écouteur.

---

1. ***Singe*** : feint

2. ***Véhéments*** : emportés, impétueux.

On décrocha à la deuxième sonnerie.

«Pourrais-je parler à Juhazni Löskha, s'il vous plaît?

– C'est moi...»

Un silence d'appréhension. Ma sœur reprit :

«C'est Hamjha.»

Juhazni ne sut que répondre.

«J'ai trouvé votre numéro dans l'agenda de mon père, ajouta ma sœur.

– Où sont vos parents?

– Ils sont morts.»

Hamjha relata la fusillade d'un ton empressé. Juhazni scandait[1] le triste monologue de ma sœur d'une voix assurée, la questionnant quant aux pratiques de la milice dans notre quartier.

«Voulez-vous dire que vous vous cachez depuis leur mort et que la milice ne s'est aperçue de rien?

– C'est probablement le gradé qui nous a sauvés.

– Où est le cadavre?

– Odell l'a descendu à la cave.

– Avez-vous cherché la liste?»

Hamjha m'interrogea du regard. J'opinai[2].

«Veuillez la parcourir rapidement et me dire si Halmion Khalassi[3] y figure.»

Je saisis immédiatement le papier dans ma poche et, de mon index, pointai le nom.

«Il figure en fin de page, rajouté à la main...

– Quel miracle que le téléphone soit rétabli. Nous commencions à désespérer.

– Qui est cet homme?» demanda ma sœur.

Juhazni reprit sans prêter attention :

«Dis à ton frère de déshabiller le mort dès maintenant. Qu'il se revête de l'uniforme. À vingt-trois heures, une fourgonnette

1. ***Scandait*** : rythmait, ponctuait par ses questions le monologue d'Hamjha.
2. ***Opinai*** : signifiai mon accord.
3. Il s'agit certainement d'un membre du réseau de résistance de Juhazni.

s'arrêtera devant chez vous. Vous sortirez tous deux de la maison, lui te tenant par le bras. Là, nous vous ferons monter. Vingt-trois heures précises. La milice a beau tourner la nuit par équipes réduites, vous comprenez qu'il nous faudra faire très vite.

– Où irons-nous ? interrogea Hamjha qui n'osait trop accréditer[1] le formidable espoir qu'on lui suggérait.

– Soyez patients et courageux. Au revoir, Hamjha. »

Juhazni avait raccroché. Je remontai à mon poste de guet et fis signe à ma sœur de me suivre.

Bien que n'ayant pas accès à la liste, Juhazni ne s'était pas soucié de savoir si son nom y figurait.

« J'ai eu beaucoup de mal à reconnaître sa voix », fis-je remarquer.

Ma sœur leva les yeux vers moi, agacée :

« Fais ce qu'il a dit. Descends chercher l'uniforme. »

Hamjha prit ma place près de la fenêtre. Je perçus soudain dans son regard le triste masque du dépit qu'elle s'efforçait de dissimuler vaille que vaille.

Au fond, ma sœur aura toujours fait montre de[2] patience et de mesure parce qu'elle savait lequel de nous deux était le plus fort : elle savait que ma détermination ne demandait qu'à céder, brutalement, qu'il en fallait donc ménager l'imprévisibilité. C'est peut-être ça le courage.

Je sus dès lors qu'elle détournait son regard pour ne pas trahir la démission[3] qui ne l'avait pas quittée. Je sus qu'elle ne croyait pas elle-même à la perspective de notre fuite.

N'ayant réussi à déshabiller le gradé dans l'obscurité de la cave, je le traînai dans la première pièce.

Je commençai par dénouer les longs lacets qui venaient enserrer le cuir jusqu'aux chevilles et ôtai ses chaussures. Il me

---

1. ***Accréditer*** : croire, donner crédit à.

2. ***Fait montre de*** : fait preuve de.

3. ***Démission*** : ici, dans le sens d'abandon, de renoncement, de résignation.

parut d'emblée qu'elles seraient trop grandes pour moi. Son pantalon forçait lui aussi la peau au-dessus du mollet par un élastique cousu dans le revers. Je le déboutonnai et dégageai les jambes inertes et glacées. Elles cognèrent sur le sol, d'un bruit sec, presque creux. C'était le bruit des os qui retournaient à leur mutisme contre le béton poussiéreux de la cave. Je m'efforçais de ne pas regarder son visage, comme pour me donner l'illusion que je dépouillais tout autre chose qu'un homme mort. Un homme que j'avais tué.

Une fois la veste en boule, je déboutonnai les manches, puis le buste. Il me fallut alors asseoir le corps pour retirer la chemise. L'odeur aigre de ses aisselles m'agressa. Je relâchai l'homme immédiatement, qui s'affaissa dans un mouvement raide. Les bras accolés aux hanches, il avait le menton rentré. L'expression de son visage m'effraya.

Je me relevai précipitamment et saisis ses bras nus pour le traîner de nouveau dans la pièce du fond.

« Dois-je m'habiller maintenant ? »

Ma sœur opina. J'ôtai mes chaussures, mon pantalon sous le regard anxieux de Hamjha.

« Tout cela sera-t-il à ta taille ? » interrogea-t-elle.

Je gardai mon tee-shirt pour ne pas être en contact direct avec les vêtements du mort.

J'émis quelques réticences avant d'enfiler le pantalon. Je sentis le tissu rêche[1] frotter sur mes jambes, retrousser chacun de mes poils d'un voile glacé, étranger.

Je boutonnai la ceinture. La toile grise me pressait le cul. J'eus brusquement envie de chier, de m'arracher à la grisaille de cet uniforme.

Je soupirai et m'en remis au regard approbateur de ma sœur. Mais elle resta mutique[2].

---

1. ***Rêche*** : rude, rugueux, râpeux.
2. ***Mutique*** : voir note 1, p. 59.

Je m'agenouillai. Les chaussures puaient. Je les écartai d'un geste et glissai le long du mur.

L'odeur des cadavres me revenait par effluves[1].

La nuit était tombée à présent, et avec elle la véritable conscience de notre isolement. C'est la nuit que les choses existent réellement, même dans l'air âcre et confiné[2] de notre captivité, comme s'il n'y avait plus nulle part où aller pour s'en divertir. L'atroce poids des choses tombe avec le ciel et souille[3] nos dernières forces.

La cruauté de cette nouvelle attente s'ouvrait à nous. Béante comme l'espoir et l'incertitude qui l'accompagnent immanquablement. Car cette fois, nous avions fait un choix, nous sortions de la clandestinité pour affronter la mort de face. Il arriverait donc quelque chose.

Je ne voulais pas être seul à attendre. Je me sentais incapable d'admettre que c'est face à la menace qu'on est le plus seul, le plus coupé soi-même de la peur des autres, avec sur les épaules le suaire[4] de sa peur à soi. Impossible de partager ça.

J'aurais pourtant voulu savoir ma sœur un peu moins loin de moi.

Je regardai les chaussures du gradé et me tournai vers elle.

« Les morts sentent tous la même chose. Nous puerons bientôt autant qu'eux. »

Hamjha ne répondit pas.

---

1. ***Effluves*** : bouffées, souffles.
2. ***Confiné*** : renfermé.
3. ***Souille*** : ici, dégrade, corrompt.
4. ***Suaire*** : pièce de toile dans laquelle on ensevelit un mort ; linceul.

[9]

La mémoire reprenait corps. Les images affleuraient[1], disposées à être indéfiniment ressassées[2].

Hamjha évoqua brièvement la fusillade. Elle m'assura n'en avoir finalement rien vu. Elle ne se souvenait que du claquement sec et brutal de la première détonation, maman transpercée par la décharge, son corps arc-bouté et projeté en arrière par la balle. Elle avait voulu faire comme elle, elle était tombée à ses côtés.

La voix de ma sœur laissait deviner toutes les certitudes de l'horreur, le regard absent, sans regard aucun, juste l'automatisme de mots blêmes, enchaînés en boucle. Et sans doute que le pire était advenu, le pire était là, escamotant[3], déjouant l'effroi à venir. Sa mort à elle serait moins terrible qu'elle ne l'aurait été sans tout cela avant. C'était le premier pas résigné de Hamjha. Une fois de plus, je me sentis atrocement seul de n'avoir pu le franchir moi aussi.

Nous n'avions pas reparlé de la fusillade jusqu'alors. Seule la voix de Juhazni avait pu libérer cet essaim d'angoisse, une voix étrangère sur laquelle nous nous étions reposés. En reparler, c'eût été comme nous y enfermer un peu plus. Cloîtrés dans la même cellule, il nous fallait un témoin pour évoquer le drame, un regard

1. ***Affleuraient*** : apparaissaient.
2. ***Ressassées*** : ruminées.
3. ***Escamotant*** : évitant, contournant, esquivant.

profane[1] pour dénoncer l'horreur qui s'était curieusement affadie sur notre visage, comme définitivement incrustée sous la peau. L'horreur qui avait fini par jeter ses méandres[2] partout. Ça devait éclater sur nos traits. C'était en nous cette fois, un morceau de nous, donc presque normal. Ça avait pris place.

Ma sœur me jaugea[3], vêtu de cet uniforme nauséabond ; elle eut un rire jaune :

« On pourrait s'y tromper... »

L'uniforme, ça sied[4] bien aux lâches. C'est peut-être ce qu'elle voulait dire. Hamjha ne m'en aurait pas voulu de ma lâcheté ; en revanche, je la sentais partagée devant mon incapacité à reconnaître ma peur, cette comédie de dignité que je me jouais, pour survivre, comme un homme... L'homme, c'est celui qui crie bien fort pour qu'on ne le soupçonne pas d'être proche de la ruine. C'est encore une manière de se tenir debout. Ma sœur était franche avec sa peur, se laissant abattre par moments pour revenir plus forte l'instant d'après.

Il était vingt-deux heures quarante-cinq et je savais que son courage à elle irait bien au-delà, ce faisant qu'elle doutait de moi, à raison. Parce que, au fond, ce n'est pas normal d'avoir les yeux secs. On croit être inattaquable mais ça creuse en dedans d'avoir les yeux secs.

La peur revint à l'approche de l'heure fatidique, m'évitant l'évanouissement.

On ne voyait pas distinctement les miliciens dans la rue. Les réverbères, plantés comme eux à intervalles réguliers, n'éclairaient guère qu'un rond de trottoir assez mince, laissant dans la pénombre la distance qui les séparait. De l'autre côté de la rue, là où s'amoncelaient les ruines, la lumière ne trouvait plus

---

1. ***Profane*** : ignorant, qui ne connaît pas la situation.

2. ***Méandres*** : détours sinueux.

3. ***Jaugea*** : mesura du regard.

4. ***Sied*** : convient, va (du verbe « seoir »).

à se réfugier auprès des grands murs. Un espace obscur, infini, s'élançait au loin, chevauchant les restes de pierre, les jardins dévastés, pour venir mourir au contact des lueurs incertaines du centre-ville.

À bien y réfléchir, cette fuite eût dû me paraître invraisemblable. Espérer sortir de la ville sains et saufs, passer tous les barrages qu'avaient disposés les différentes factions... Il fallait que Juhazni et les siens se soient procuré des uniformes. Porteraient-ils les vêtements d'hommes morts comme j'y étais contraint ?

Devoir garder cet habit, c'était comme me punir de mon acte[1]. Une détention qui me forçait à mesurer la gravité de mon geste. Que l'heure arrive, car je n'en pouvais plus de sentir la présence du gradé, nu contre la taule refroidie de la chaudière. Et la fuite légitimerait[2] mon crime.

---

1. Celui d'avoir tué le milicien qui leur venait en aide.
2. ***Légitimerait*** : justifierait, donnerait du sens à.

[10]

Le véhicule ralentit à hauteur de notre maison et s'arrêta devant la grille. Nous descendîmes rapidement. J'entendis le bruit des portes arrière qui s'ouvraient. Je jetai un regard furtif dans la rue. Juhazni avait un pied dehors. Il nous fit signe de venir dans un geste autoritaire.

J'ouvris la porte plus franchement. Alors que j'ébauchais un pas sur le perron, je crus apercevoir une ombre dans la rue qui venait par la gauche. Je tournai la tête : deux réverbères et leur halo de lumière... Des bruits de bottes que je pensai d'abord m'être inventés. Hamjha m'intima l'ordre de sortir. Mon regard allait et venait, partagé entre la silhouette pressante de Juhazni et l'ombre énigmatique que je manquais chaque fois, arrivant à elle au moment où elle semblait disparaître dans l'obscurité qui séparait les réverbères.

Je m'efforçais brutalement de conclure à une hallucination que m'inspirait la peur, mais l'ombre menaçante revenait dans une sorte d'angle mort[1] sitôt que je tournais la tête en direction de la camionnette.

Juhazni nous appela de nouveau dans un souffle éraillé[2] tandis que Hamjha me poussait, accompagnant ses poings fermes de paroles d'incompréhension.

---

1. ***Angle mort*** : zone qui se dérobe à la vue, qu'il est impossible de voir de là où l'on se situe.
2. ***Éraillé*** : cassé.

«Tu n'as rien entendu, toi ? lui demandai-je, pris de panique.

– Sors, puisque Juhazni nous fait signe ! À force d'hésiter, nous allons bel et bien nous faire repérer ! »

La stature assurée de deux miliciens entra alors en pleine lumière. Ils s'arrêtèrent devant le véhicule.

« C'est fichu ! soufflai-je à ma sœur en refermant la porte.

– Laisse la porte entrouverte, Odell ! Ils seront bientôt partis. »

Je ne vis plus rien dans l'embrasure sinon les branchages désordonnés du jardin qui venaient assombrir la lumière des phares derrière le muret.

Enfin, j'aperçus les miliciens entre deux arbustes. Ils vinrent s'entretenir avec le chauffeur. Les deux portes arrière étaient refermées. Juhazni avait disparu.

Nous comprîmes que le pire était à craindre lorsque les voix, jusqu'alors voilées, se firent plus tranchantes.

Hamjha me repoussa vers l'arrière, referma la porte et, m'entraînant avec elle, gravit l'escalier en courant.

De la fenêtre du premier étage, nous vîmes le chauffeur descendre de la camionnette. Les miliciens braquaient sur lui leurs armes. Levant les bras, il se dirigea vers l'arrière du véhicule. Il avait le visage bas.

Je me retournai aussitôt contre le mur et glissai sur le parquet, les yeux obscurcis par la nuit.

Il y eut plusieurs rafales de mitraillette. Nul cri. Des décharges qui s'enchaînaient comme des aboiements.

« Les ont-ils tous tués ? hurlai-je à ma sœur collée à la fenêtre. Qu'ils en finissent ! »

Le silence bourdonnait. Je ne cherchais plus à savoir à quoi correspondait exactement ce grondement diffus. L'écho des mitraillettes perdurait dans ma tête, infernal. Je me bouchai les oreilles.

Hamjha agrippa l'une de mes mains : une troupe de renfort arrivait.

J'ignore combien ils furent à être tués. Autant qui avaient espéré pouvoir fuir, autant que mes hésitations avaient condamnés.

Ma sœur pleura longtemps, ne m'adressant nul mot. Je demeurai interdit moi aussi, prostré devant ma responsabilité.

L'instant d'après, j'entendis le ronflement du moteur qui s'éloignait. Je me contentai de suivre les sanglots de ma sœur. Je ne pouvais pas être responsable de ces morts. La peur qui m'avait paralysé ne pouvait pas avoir tué. Qui, à ma place, eût couru au-dehors voyant les miliciens approcher ? Un héros sans doute.

J'étais à présent assis à même le plancher, le regard bloqué entre mes genoux. Tout était perdu.

Je sentis soudain la main de ma sœur pincer mon avant-bras. Cette fois, ses sanglots se changèrent en spasmes[1] d'effroi. Juhazni se tenait en haut des marches, la mine aussi coupable que la mienne.

1. ***Spasmes*** : contractions brusques et involontaires des muscles.

[11]

Il avait ôté la veste de son uniforme. De ma position à droite de la fenêtre, je percevais l'odeur de sa transpiration. Son front, couvert de sueur, ruisselait, dessinant à la lisière de ses cheveux de fines mèches humides.

Assis en haut des marches, il pesait chacun de ses mots :

« Sitôt que je vous ai vus hésiter, j'ai su que c'était peine perdue. Le risque de croiser la milice, nous l'avions pris en connaissance de cause. Il n'était pourtant pas prévu que je referme les portes derrière moi et m'enfuie... »

Juhazni butait sur certains mots, mêlant les à-coups discrets de son accent à l'ahurissement que lui inspirait sa lâcheté (autant dire la mienne). Sa voix s'en trouvait presque adoucie, bien en dessous de l'inflexion[1] qu'on eût attendue en pareille situation. Elle me rassura tout d'abord. Juhazni ne semblait pas tout à fait résolu à la mort. Je me sentis moins seul, comme s'il était en charge de relayer nos parents disparus.

Ce maigre apaisement me donna l'occasion de retirer les vêtements du gradé. Lentement, j'ôtai les chaussures, la veste et le pantalon. Une sensation de fraîcheur, presque imperceptible, m'inspira un soupir de satisfaction. Je demeurai ainsi, abandonné à l'obscurité, la chair libérée de ses boursouflures de chaleur. Je commençais à puer moi aussi, mais ne m'en souciais plus.

---

1. ***Inflexion*** : ton de la voix.

«Reste-t-il des gens de votre réseau, ici ? interrogea ma sœur.

– Certains sont condamnés à assurer le rôle de correspondants. Ils s'y sont engagés tant que leur nom ne figure pas sur la liste[1].»

J'aperçus l'ombre de Juhazni penchée vers moi.

Je me tournai vers lui en brandissant le papier que j'avais recueilli dans la veste du gradé :

«Votre nom y est inscrit. Vous le saviez, n'est-ce pas ? Qui veut encore de vous au fond ? Pas le Pouvoir[2], que vous semblez embarrasser… Pas plus que la Résistance qui vous soupçonne de faire le jeu de l'Ennemi…»

Juhazni ne répondait pas.

«D'où viennent ces rumeurs ? insistai-je sans ménagement.

– C'est le réseau qui les a fait courir pour détourner l'attention de l'état-major.»

Il se tut et reprit lentement, revenant aux sources de son désarroi :

«Celui qui est de votre côté et celui sur qui on peut compter, voilà qui est très différent. Se doutaient-ils[3] seulement que je les abandonnerais en pleine opération…

– Vous êtes comme tout le monde, en définitive», m'efforçai-je de rire.

Juhazni se pencha vers moi et prononça d'une voix menaçante :

«Me regardes-tu en traître ?»

Je restai muet, oppressé par ce regard qui perçait l'obscurité.

«Certes, il s'en faut de peu pour que l'on passe de l'autre côté de la barrière, continua-t-il. Le plus grand courage, le plus courant, est celui de sa propre survie…»

---

1. Cela explique pourquoi Juhazni, au téléphone, s'était inquiété de la présence sur la liste de Halmion Khalassi (voir p. 63).

2. Celui qui, avec l'état-major, contrôle la milice et les sections d'exécution et extermine méthodiquement la population.

3. Il s'agit des personnes qui se trouvaient dans la fourgonnette et qui devaient fuir avec Juhazni.

Ma sœur rétorqua de façon véhémente :

«Les traîtres agissent toujours en connaissance de cause, du début jusqu'à la fin. Vous n'êtes pas de ceux-là.

– Je ne suis ni des traîtres, ni des braves… J'ai organisé cette opération parce que moi aussi je voulais sauver ma peau. Nous avons été plusieurs individus comme tout le monde à joindre nos efforts pour sauver notre peau. Voilà tout.»

Je n'osai faire remarquer à Juhazni le réconfort que m'était sa présence. Je percevais pourtant le remords qu'il taisait à demi-mot : il avait survécu, rendu au sol[1], comme n'importe qui et non plus comme l'agent d'un réseau. Toutefois, je ne pensai pas un seul instant aux vies qui avaient été troquées contre sa bienveillance à nos côtés. Brave ou traître, ennemi repenti[2] ou vaincu soumis, que m'importait…

La lumière diffuse des réverbères déposait des taches parcimonieuses sur les murs du grand hall. Les genoux repliés entre mes coudes, les poils humides, je fixais l'irréalité de cette demi-obscurité.

«Et lui, savait-il ce qu'il faisait en s'engageant ? lança Juhazni en fixant le sac du gradé dont les vivres jonchaient le sol.

– Me reprocherez-vous de l'avoir tué ? rétorquai-je sèchement.

– Non.

– Eh bien, n'en parlons plus, conclus-je. De toute façon, je ne regrette pas mon geste.»

Je me tournai vers Juhazni. Ma sœur s'était endormie contre lui. Je laissai courir un silence puis repris doucement :

«Vous ne me demandez pas ce que ça fait de tuer un homme ?»

Juhazni baissa les yeux sur la respiration agitée de ma sœur.

«Soyez sans crainte : vous ne m'entendrez pas m'en accuser. Nous sommes en guerre, autant que je sache. Qu'on reçoive l'ordre

---

1. ***Rendu au sol*** : laissé en vie, ramené à la vie.
2. ***Repenti*** : qui a changé de camp et regrette ses actes.

de tuer ou que l'on tente de survivre, la mort que nous donnons tous n'est guère plus qu'une formalité que nous sommes tenus de remplir. Personne ici n'est coupable, comme vous semblez le dire. Mais tuer un homme, ce n'est pas qu'être coupable. C'est en être capable. Vous ne me demandez pas ce que ça fait d'en être capable ? »

Juhazni lança d'une voix autoritaire :

« À quoi sert de ressasser tout ça, Odell ? Il sera toujours temps de l'oublier lorsque nous serons en lieu sûr. »

J'émis un rire contrit :

« Parce que vous y croyez encore, vous ? Juhazni, je ne sortirai pas de la guerre traumatisé par mon acte tout simplement parce que je ne lui survivrai pas. Nous ne connaîtrons pas la fin de la guerre.

– Alors que fais-tu encore ici ? gronda-t-il.

– Je me cache, j'ai peur, je cherche comment je vais bien pouvoir m'y prendre pour mourir, j'attends le moment où j'y serai le plus résolu puisqu'il le faut. »

Ma sœur tremblait. Juhazni posa la main sur son front. Hamjha avait de la fièvre.

« Comprenez-vous enfin pourquoi je m'entête à vous parler de cet homme que j'ai tué ? repris-je, véhément. Parce que je ne le regrette même pas ! C'était sans doute la plus belle occasion qui m'ait été donnée de désirer la mort et j'ai manqué cette occasion. Je peux encore me regarder en face. Ce mort, je n'ai pas le droit de l'avoir sur la conscience. La guerre ne nous laisse aucune chance de lui échapper : on a beau tuer un homme, on a encore envie de vivre, on a encore la force de vivre après ça, on n'a plus que la force de vivre, et on n'en finira pas tant que la guerre n'aura pas décidé elle-même d'en finir avec nous ! La démission, c'est tout juste bon pour les temps de paix. Une fois qu'on est certain de mourir, on ne peut plus démissionner. Il se trouve toutefois que je ne supporte plus notre clandestinité, je veux que ça cesse, et je ferai tout pour que ça cesse, à n'importe quel prix. Je veux me trouver une bonne raison de mourir, moi ! Je ne partirai pas en toute innocence ! Vous vous trompez, Juhazni : quand vient l'urgence de lutter, il n'est jamais hasardeux qu'on soit de ce côté de la barrière ou de l'autre : il y a ceux qui veulent vivre et s'aplatissent, et il y a ceux qui n'y croient plus et se jettent sous le feu des mitraillettes… Je ne parle pas des héros. Non, je serai de ceux-là : ceux qui iront tôt ou tard à la mort. De leur plein gré. »

La fièvre de Hamjha devenait alarmante. Elle pinçait de temps à autre le bras de Juhazni, calfeutrée comme dans l'obscurité d'un abri. Les tremblements fugitifs dus à sa température lui agitaient la tête dans un hochement saccadé. On eût dit le sursaut raide et bref qu'ont les agonisants avant de mourir. Sursaut qu'un courant mystérieux aurait fait se répéter pendant quelques secondes.

Je regrettai brusquement que Juhazni fût en notre compagnie. Une sourde colère s'éveillait en moi, mue par une nécessité que je ne parvins pas tout d'abord à m'expliquer.

La pénombre dissimulait les caresses qu'il épandait sur les cheveux de ma sœur. Je les écoutais bruire[1], regrettant confusément qu'elle se sentît apaisée en d'autres bras que les miens. Que ne m'avait-elle demandé avant cela le réconfort de mes mains ?

Soudain, c'était comme si mon isolement débilitait[2] la présence salutaire[3] de Juhazni, le reléguant[4] à la vanité[5] de notre attente. Quelques instants auparavant, j'aurais voulu le serrer dans mes bras, le remercier d'être là, au-dessus de nous. L'allant[6] de ma reconnaissance s'était toutefois renversé. À présent qu'il prodiguait toute son attention à ma sœur, il m'eût paru plus juste qu'il ne fût pas là.

---

1. ***Bruire*** : produire un bruit léger ; il s'agit des caresses de Juhazni.
2. ***Débilitait*** : affaiblissait.
3. ***Salutaire*** : qui sauve ; bienfaisante, profitable.
4. ***Reléguant*** : condamnant, rejetant.
5. ***Vanité*** : ici, inutilité, insignifiance, néant, vide.
6. ***Allant*** : enthousiasme, énergie, entrain.

Je sus dès lors (du creuset[1] de mon isolement où l'irrémédiable[2] m'apparaissait enfin) que mes dernières forces seraient dépensées à tenter d'accepter cette mort, sachant toutefois qu'une mort toute crue ne se peut accepter. De là venaient mes brusques efforts de dignité, cette fatigue infiniment continuée, affolée, désordonnée, sans visage : le refus de nous avouer vaincus et promis à la mort.

D'un autre côté, ce n'était certainement pas mon crime qui me donnerait le courage de mourir. D'avoir tué un homme ne m'arrachait pas au monde. Cette culpabilité-là était indolente[3], désinvolte[4] de légèreté au regard de ce qui nous attendait : cette force impossible qu'il nous faudrait trouver dans les heures à venir.

Un instant, j'imaginai le plus sûr moyen de précipiter les choses. Il aurait fallu pour cela enrayer mon existence d'une chose très lourde, grave, que je regretterais suffisamment pour que la milice, en m'exécutant, ne fasse que me rendre le suicide plus facile. N'ayant le courage (ou l'occasion) de mourir en héros, ni celui de mourir tout court, il fallait mourir en sagouin[5], commettre un acte irréparable, insupportable, qui ne me rendrait peut-être pas la mort agréable mais du moins la vie impossible. Comme de tuer Juhazni…

Il faut une justice à chaque mort. Accepter de mourir, c'est mourir pour quelque chose, fût-ce le pire. Pas question de lutter contre la milice, ce serait finir en vaincu. Tuer Juhazni. Et ne pas se relever d'un tel acte. Prier la milice qu'elle m'ôte de la terre qui aurait abrité mon geste…

Comment n'avais-je pas imaginé avant cela qu'on meurt sitôt qu'on ne peut plus se regarder en face ?

---

1. ***Creuset*** : ici, fond.
2. ***Irrémédiable*** : inévitable.
3. ***Indolente*** : qui ne fait pas souffrir ; insensible.
4. ***Désinvolte*** : ici, insolente.
5. ***Sagouin*** : salaud (familier).

[12]

Juhazni me demanda pourquoi nous n'avions pas fui.

« C'est mon père qu'il aurait fallu interroger, soupirai-je. Ses propres parents ont été tués lors de la dernière guerre, alors il s'est dit que la foudre ne tomberait pas deux fois au même endroit. Toujours la même histoire ennuyeuse…

– J'avais pourtant écrit à ton père, me fit remarquer Juhazni.

– Cessons d'en parler. Mon père n'est pas plus responsable que nous. »

Mon ton sonnait faux, évidemment.

« En fin de compte, j'ai peut-être une bonne raison de mourir, ajoutai-je. Si jamais je m'en sors vivant, je supporterai très bien d'avoir un mort sur la conscience ; en revanche, je ne supporterai pas d'avoir vu tout ce que j'ai vu.

– Tu abandonnerais ta sœur ?

– Ma sœur est beaucoup plus forte que vous ne l'imaginez. C'est grâce à elle que je ne suis pas devenu insupportable.

– Ne te débarrasse pas de sa peur comme ça… »

Juhazni baissa les yeux vers elle. Démenti à[1] ma remarque pour le moins frappant : la fièvre consumait Hamjha. Il devenait très urgent de lui administrer des médicaments. Je me penchai au-dessus d'elle, embrassai son front et me levai.

---

1. ***Démenti à*** : négation de. Alors qu'Odell souligne la force de sa sœur, la fièvre qui la touche l'affaiblit de plus en plus.

« Oui, les gens ne sont jamais qui l'on croit dans cette foutue guerre... »

Je me dirigeai vers la salle de bains de mes parents. Il ne restait que quelques calmants. Rien qui puisse réellement faire tomber sa fièvre.

De retour dans le couloir, je m'agenouillai auprès d'elle et lui demandai d'avaler les cachets avec un peu d'eau.

« Il est quatre heures. Je sais où trouver les officiers du réseau. Veille ta sœur, je reviendrai avant le jour avec des médicaments. On ne peut pas la laisser dans cet état. »

Il adossa Hamjha contre le mur et enfila sa veste.

« Vous ne parviendrez jamais jusqu'au centre-ville, opposai-je haut et fort. Allez donc chez Tökson. Pourquoi vous entêtez-vous à ne pas vouloir traverser la rue ? »

Je me rhabillai précipitamment.

Juhazni prit son temps avant de reprendre :

« Odell, je n'irai pas chez Tökson. Sache une bonne fois pour toutes que Tökson ne peut rien pour nous. »

Je le fixai avec sévérité, l'accusant de gâter mes espoirs. Il fit un pas vers moi et posa ses deux mains sur mes épaules.

« Tökson est surveillé, crois-moi. Il est sans doute plus menacé que nous. Comprends-tu à présent ? »

Je me tournai discrètement vers Hamjha. Ses yeux fermés ne me trahiraient pas.

« Il est important que Tökson vous croie morts, ajouta Juhazni en descendant l'escalier. »

Je me penchai sur la balustrade, secoué de tremblements. Je ne voulais pas comprendre.

« N'y allez pas, Juhazni ! Vous n'en reviendrez pas. »

Juhazni s'arrêta au milieu du hall et leva les yeux vers moi, le corps raide et décidé. Je me cambrai de rage ; je sentis le couteau que j'avais replié et glissé dans ma poche arrière.

« Préfères-tu voir ta sœur dépérir ?

– S'ils vous prennent, ils sauront d'où vous venez ! »

Juhazni ne parut pas prêter attention à ma remarque et se dirigea vers la cuisine. Furieux, je descendis l'escalier.

Il ouvrait la porte de la cuisine. Je l'arrêtai d'une main. La force que je donnai à ma poigne le fit chanceler. Il se retourna vers moi et me gifla.

«Vous allez nous tuer, Juhazni ! »

J'élevai une main vers lui et de l'autre tâtai ma poche arrière.

«Vous êtes comme eux ! Vous nous tuez à leur place ! Vous êtes comme eux ! »

Je reçus immédiatement son poing dans le ventre. Le souffle coupé, je tombai à terre. Je n'eus la force de hurler que quelques secondes plus tard.

Je revins vers lui presque aussitôt et le serrai violemment contre moi.

Ma tête mordait son buste, mes mains enserraient son dos.

« Reste, ne nous laisse pas », murmurai-je doucement en pressant son corps.

Je sentais sa peau rêche contre mes paupières. Mes paupières qui ne voulaient toujours pas pleurer.

Il me repoussa lentement.

J'aperçus sur le carreau de la cuisine le reflet glacial de mon couteau qui avait glissé lors de ma chute.

Juhazni était parti, renonçant à me mettre plus en garde, oubliant en somme de me dire l'essentiel, moi que la mort rendait incrédule[1]...

---

1. ***Incrédule*** : qui ne croit pas, qui doute.

[13]

Mes cris avaient éveillé ma sœur. Je remontai à ses côtés.

Nulle larme, nul gémissement, juste une moue contrainte.

«Il n'en reviendra pas», constatai-je.

Hamjha ne voulait rien entendre. La faible clarté qui perçait par l'entrebâillement des rideaux dessinait un rai de lumière[1] sur sa silhouette. Une forme oblongue[2] qui s'étendait de son front baissé jusqu'au désordre de ses jambes abandonnées sur le plancher.

«Relève-toi et bois», lui soufflai-je.

Je me glissai auprès d'elle. Cette proximité lui inspira quelques sanglots.

Je tentai de dissimuler mon inquiétude.

Le départ de Juhazni, c'était comme une machine étrange qui se mettait en route. Quelque chose était venu s'ajouter au pire.

Je relevai le buste replié de ma sœur. Je plaçai ma jambe gauche derrière ses hanches et, reposant son dos sur moi, la pris dans mes bras. Je tamponnai un chiffon humide contre son front.

«Je vais me rendre chez les Tökson.»

Je pressai ses épaules pour tout réconfort.

«Ils nous cacheront dans leur maison, n'est-ce pas?

– J'ai entendu ce que t'a dit Juhazni. Il ne faut pas aller chez eux. Il faut l'attendre ici.»

---

1. ***Rai de lumière*** : rayon de lumière.

2. ***Oblongue*** : allongée.

Je cessai mes caresses. Confusément persuadé que Juhazni serait pris sitôt parvenu au centre-ville, je ne pouvais accepter que ma sœur m'ôte cette dernière perspective. Je la poussai et me relevai.

« Ils n'auront pas Tökson ! Ils les auront tous, mais pas Tökson ! »

Hamjha frotta son coude.

« Tu m'as fait mal, Odell.

– Ne répète jamais ce que tu viens de dire ! Les choses ont été déjà beaucoup trop loin ! Ce serait nous rendre tout à fait fous. Ce serait une folie que les choses tournent plus mal, m'entends-tu ? »

Brusquement je sentis que ma sœur ne m'écoutait plus. Elle se leva avec difficulté et se pencha vers la fenêtre.

« Pourquoi as-tu crié tout à l'heure ? » demanda-t-elle.

J'hésitai puis enchaînai d'une voix saccadée :

« J'ai crié parce que Juhazni n'aurait pas dû nous laisser. J'ai crié parce qu'il va se faire arrêter et qu'on viendra nous chercher nous aussi !

– Tu n'aurais pas dû », ajouta-t-elle.

Mon sang ne fit qu'un tour.

Je regardai au-dehors : devant la grille, deux miliciens observaient notre maison.

[14]

La mort qui est en marche, c'est un sentiment dont on est tout de suite confusément persuadé.

Voilà ce que ça fait vraiment quand elle est proche : on sait seulement qu'elle est là.

[15]

Ma sœur se redresse précipitamment. Elle longe la balustrade d'un pas peu assuré, ouvre la porte du grenier et la referme derrière elle.

Je la regarde faire. Je reste figé, incapable de bouger. J'entends ses pas au-dessus de moi.

Les deux miliciens franchissent la grille du jardin.

[16]

Je descends l'escalier. Je ne sais plus ce que je fais.

J'épie leurs pas sur le gravier, puis le silence sur les marches du perron.

Alors, sans réfléchir, j'ouvre la porte qui mène à la cave et la referme derrière moi.

Les miliciens inspectèrent les pièces du rez-de-chaussée puis montèrent au premier étage.

L'un d'eux buta sur le sac du gradé.

Ma peur revenait, elle s'élançait en moi comme pour me trahir.

Je demeurai l'oreille collée contre la porte.

[17]

J'imagine qu'ils identifièrent rapidement le sac.

Ils fouillèrent toutes les chambres, ne refermèrent aucune porte et terminèrent par le grenier.

Hamjha hurla en même temps que la décharge.

[18]

Je profitai que l'entrée était ouverte pour courir à l'extérieur. La rue semblait vide.

D'un seul élan, je me dirigeai vers la maison des Tökson et frappai violemment à leur porte.

Gaone m'ouvrit. Il me fit signe d'entrer d'un geste rapide.

Kwira se tenait raide et terrifiée dans le couloir. Son mari me mena d'un air abattu dans leur chambre. Il retourna dans la partie avant de la maison pour faire le guet. Sa femme vint se poster près de moi en silence.

« Ils ont tué ma sœur », sanglotai-je.

Elle m'ordonna de me taire.

Brusquement, mon attention fut réveillée par le bruit de la porte d'entrée. La voix des miliciens. Les mêmes, évidemment. Debout contre le mur, Kwira jetait vers moi des regards craintifs.

La mort en marche.

Je me lève. J'ai compris.

Les voix s'approchent.

Tökson me désigne d'un geste de la main.

« Il est là… »

III.

Libre

Le couloir s'étend à perte de vue comme un long tunnel. Ils m'ont rompu les poignets avec leur corde filandreuse[1]*. Je ne me suis pourtant pas débattu. Je les ai laissés faire.*

Nous avons marché un quart d'heure dans la lueur pâle. Je sentais la pointe d'une arme désigner mon corps pour me presser d'avancer.

Pourquoi ne m'ont-ils pas tué tout de suite ? Pourquoi me font-ils encore attendre ?

J'ai dû m'asseoir dans le couloir. Un jeune milicien me surveille depuis plusieurs heures. Son visage me rappelle l'homme que j'ai tué.

Ils ont trouvé le corps du gradé quelques minutes après avoir exécuté Hamjha. Une camionnette est venue chercher les deux cadavres. Ils nous ont dépassés à hauteur de l'église.

Ce sont les Tökson qui ont vu le gradé entrer chez nous et n'en pas ressortir. Ce sont les Tökson qui m'ont entendu crier, qui ont vu Juhazni sortir de la maison. Les Tökson ont offert aux miliciens leur collaboration. On survit comme on peut.

Je pouvais respirer l'air en abondance maintenant que je n'avais plus peur. Il aura donc fallu que je perde ma sœur pour avoir envie de mourir tout à fait. Je suis libre. Rien ne me retient

1. *Filandreuse* : dont les fils sont durs.

plus. Il aura fallu que plus rien ne me retienne pour être disposé à mourir. On meurt comme on peut.

Ils sortent du bureau. Ils font signe au gradé de les suivre. Je me lève sans résistance. Notre marche reprend, crosse[1] *au dos.*

Il doit être tard. La lumière artificielle donne au teint une pâleur jaunâtre. Les pas résonnent et se reflètent sur le carrelage.

« J'ai tué un traître, dis-je. Votre homme était un traître… »

Je trébuche. Un milicien se retourne et me balance son pied en plein visage. Je saigne du nez. Il m'a cassé deux dents. Je me relève. Les miliciens ne m'impressionnent pas. Je vais mourir.

Une grille au fond du couloir. Un garde qui l'ouvre et nous laisse passer. Le même interminable couloir. Les mêmes yeux secs. Je frotte ma langue sur la base rêche de mes incisives brisées.

Une porte. Ils s'arrêtent. Ils me bandent les yeux et me mènent au-dehors.

Je sens le souffle de l'air. Nos pas sont assourdis par la terre humide. Le jour doit s'être levé.

« Odell, c'est bien toi ? »

Ils me poussent et s'éloignent de moi.

« Odell, c'est bien toi ?

– Oui, Juhazni. C'est moi. »

La dureté du mur.

La surface grêlée[2] *du mur sur ma nuque.*

---

1. ***Crosse*** : il s'agit de celle de l'arme qui est pointée sur Odell.
2. ***Grêlée*** : rugueuse, qui n'est pas lisse.

DOSSIER

- Microlectures
- Dénoncer la guerre (1re partie) : l'arme de la littérature
- L'héroïsme : réflexions sur le courage
- Dénoncer la guerre (2e partie) : la force des images
- Rencontre avec Arnaud Cathrine
- Pour aller plus loin

Microlectures

Microlecture n° 1 : un paysage d'apocalypse

Première partie : « Fais le mort », de « La fenêtre du premier étage est entrouverte » à « tout semble prompt à tromper par surprise » (p. 29-31, l. 1-57).

1. Un paysage d'apocalypse

A. Montrez que le paysage est marqué par la destruction.

B. Relevez tout ce qui suggère l'absence de vie.

C. Après avoir cherché le sens du terme « apocalypse », repérez ce qui, dans l'extrait, renvoie au feu.

2. Un monde en guerre

A. Quels éléments laissent deviner que la guerre ravage le pays ?

B. En quoi peut-on dire que l'armée apparaît comme une redoutable machine à tuer ?

C. Quelle atmosphère règne sur la ville et ses habitants ?

3. Un *incipit* étrange

A. Qui parle ? Où ? Quand ?

B. Quelles précisions nécessaires à la compréhension de l'intrigue le lecteur attend-il ?

B. Analysez le motif de la fenêtre : que représente-t-il ?

Microlecture n° 2 : l'apprentissage d'Odell

Deuxième partie : « En sursis », de « *Je repense à cette journée de février* » à « *C'est à ce silence que je pense aujourd'hui* » (p. 43-46, l. 1-77).

1. Une pause dans le récit

A. À l'aide de l'étude des temps verbaux et des expressions temporelles, montrez que l'on a affaire à un souvenir. Quand peut-on le situer ?

B. Quand Odell se souvient-il de cette discussion avec son père ? Élaborez différentes hypothèses en vous aidant de l'ensemble du récit.

C. Le texte est écrit en italique. Est-ce le seul passage composé de cette manière dans le roman ? Selon vous, qu'est-ce qui peut justifier ce choix typographique ?

2. Le souvenir d'un moment décisif

A. Quel est le thème de la discussion entre Odell et son père ?

B. Quel portrait du père d'Odell se dessine ici ? Quel jugement porte-t-il sur Tökson ? Que peut-on déduire de sa position ?

C. Qu'apprend-on de Kwira Tökson et de Juhazni ? En quoi ces informations annoncent-elles le dénouement ?

3. L'apprentissage d'Odell

A. Montrez qu'on assiste à une discussion entre un père et son fils mais aussi à un échange d'homme à homme.

B. En quoi la guerre apparaît-elle comme un cycle infernal ?

C. Quelles leçons sur le courage sont formulées dans ce passage ?

Microlecture n° 3 : « Brave ou traître »

Deuxième partie : « En sursis », de « Il avait ôté la veste de son uniforme » à « ennemi repenti ou vaincu insoumis, que m'importait » (p. 73-75, l. 1-64).

1. Un moment de réflexion et de vérité

A. Situez le passage dans l'intrigue.

B. Quelle atmosphère règne entre les trois protagonistes ?

C. Que font tour à tour Juhazni et Odell ? De quoi est-ce le symbole ?

2. L'aveu de Juhazni

A. Qu'apprend-on de la position politique de Juhazni ?

B. Qu'avoue Juhazni aux enfants ?

C. Quelle est l'attitude de Hamjha face à lui ? et celle d'Odell ?

3. Une leçon sur le courage

A. Juhazni est-il un héros ?

B. En quoi Odell fait-il lui aussi preuve d'égoïsme ?

C. Repérez les phrases qui énoncent une vérité générale et expliquez-les.

Microlecture n° 4 : « La mort en marche »

Deuxième partie : « En sursis », de « La mort qui est en marche » à « Il est là » (p. 84-88).

1. La fatalité de la mort

A. Quelle phrase ouvre et clôt l'extrait ? Que signifie-t-elle ?

B. Comment est racontée la mort de Hamjha ?

C. Comment est évoquée la capture d'Odell ?

2. Face à la mort

A. Comment qualifier l'attitude d'Odell jusqu'à l'entrée des miliciens dans la maison ?

B. Que ressent-il face à la mort de sa sœur ?

C. Odell dit : « Je me lève. J'ai compris. » Que nous apprend cette phrase sur le jeune homme lui-même ?

3. Effets de suspens et de surprise

A. Repérez et analysez les différents temps utilisés dans l'extrait.

B. Selon vous, pourquoi le récit de la mort de Hamjha est-il découpé en chapitres et paragraphes courts ?

C. D'où naît la surprise de la capture finale d'Odell ?

Dénoncer la guerre (1re partie) : l'arme de la littérature

Depuis l'*Iliade*[1] d'Homère et *La Chanson de Roland*[2], la littérature est traversée par le récit de combats. Mais, au fil du temps, la célébration des exploits guerriers et des héros épiques a laissé place aux cris de protestation contre l'« entreprise infernale[3] » qu'est la guerre.

Si Arnaud Cathrine utilise le genre romanesque pour évoquer la mort et la destruction qui accompagnent cette dernière, d'autres ont choisi des stratégies différentes pour dénoncer « cette boucherie héroïque[4] » et s'attaquer à tous les complices de ce fléau destructeur.

Les cinq textes qui composent ce *corpus* témoignent de la variété des formes et des registres que la littérature offre à l'écrivain en guerre contre la guerre.

Vous lirez attentivement l'ensemble des textes ci-après et répondrez aux questions qui suivent :

1. Quel est le point commun de ces différents textes ? Justifiez précisément votre réponse.

2. Quels arguments contre la guerre chacun des auteurs utilise-t-il pour convaincre le lecteur ? Reformulez ces arguments.

3. Quel registre chaque auteur emploie-t-il pour mieux persuader le lecteur ?

4. À quel genre appartient chaque texte ? Quel est celui qui vous paraît le plus efficace ? Pourquoi ?

---

1. Poème épique écrit au IXe siècle avant notre ère, l'*Iliade* raconte la guerre qui opposa Grecs et Troyens. De nombreux héros (comme Ulysse, Achille, Agamemnon, Hector, Ajax et tant d'autres…) s'y illustrèrent.

2. Ce poème épique, datant de la fin du XIe siècle, est la plus ancienne chanson de geste connue en français ; il relate le combat désespéré des chevaliers de Charlemagne contre les Sarrasins.

3. Voltaire, philosophe des Lumières (voir *infra*), utilise cette périphrase dans son article « Guerre » du *Dictionnaire philosophique portatif* (1764).

4. C'est par ce célèbre oxymore que Voltaire désigne la guerre dans le chapitre III de son conte philosophique *Candide* (1759).

Étienne Damilaville, article « Paix », *Encyclopédie* (1751-1772)

Étienne Damilaville (1723-1768) fut procureur et premier commis au bureau des Vingtièmes[1] ; ce grand fonctionnaire, ami et correspondant de Voltaire, collabora à l'*Encyclopédie*, vaste entreprise éditoriale réalisée entre 1751 et 1772 et dirigée par Diderot et d'Alembert. Ce *Dictionnaire raisonné des sciences, des arts et des techniques* incarne l'esprit de contestation des Lumières. Damilaville se chargea de rédiger les articles « Population » et « Vingtième », mais aussi le célèbre article « Paix » (1751) dont voici un extrait.

PAIX

La guerre est un fruit de la dépravation[2] des hommes : c'est une maladie convulsive[3] et violente du corps politique ; il n'est en santé, c'est-à-dire dans son état naturel, que lorsqu'il jouit de la *paix* ; c'est elle qui donne de la vigueur aux empires ; elle maintient l'ordre parmi les citoyens ; elle laisse aux lois la force qui leur est nécessaire ; elle favorise la population, l'agriculture et le commerce : en un mot elle procure aux peuples le bonheur qui est le but de toute société. La guerre au contraire dépeuple les États ; elle y fait le désordre ; les lois sont forcées de se taire à la vue de la licence[4] qu'elle introduit ; elle rend incertaines la liberté et la propriété des citoyens ; elle trouble et fait négliger le commerce ; les terres deviennent incultes et abandonnées. Jamais les triomphes les plus éclatants ne peuvent dédommager une nation de la perte d'une multitude de ses membres que la guerre sacrifie ; ses victoires même lui font des plaies profondes que la *paix* seule peut guérir.

---

1. ***Vingtièmes*** : impôts directs qui correspondaient au vingtième du revenu et qui devaient toucher toute la population (nobles et ecclésiastiques compris).
2. ***Dépravation*** : attitude dénuée de sens moral ; synonyme d'avilissement, d'altération, de corruption.
3. ***Convulsive*** : qui est marquée par une violente agitation, par un trouble soudain.
4. ***Licence*** : dérèglement dans les mœurs, dans la conduite ; synonyme de désordre, de débordement.

Voltaire, *Dictionnaire philosophique portatif*, article « Guerre » (1764)

Voltaire (1694-1778) est un grand penseur des Lumières qui, dans ses œuvres littéraires, n'a eu de cesse de stigmatiser[1] les institutions politiques et sociales de son temps et de dénoncer la vanité comme les dangers de la métaphysique[2].

En 1764, avec le *Dictionnaire philosophique portatif*, Voltaire a l'idée du « livre de poche » : il se propose de faire le tour de toutes les connaissances humaines dans un ouvrage qu'on peut facilement manier et transporter avec soi, contrairement à l'*Encyclopédie* de Diderot et d'Alembert[3].

En trois cents pages, sous la forme d'un dictionnaire, Voltaire passe en revue les sujets les plus divers et les plus polémiques à travers des articles comme « Abbé », « Fanatisme », « Liberté », « Vertu »... Dans celui consacré à la « Guerre », dont voici le début, le philosophe s'attaque à ce fléau qu'il avait déjà dénoncé en 1759 au chapitre III de son conte philosophique intitulé *Candide*.

GUERRE

La famine, la peste et la guerre sont les trois ingrédients les plus fameux de ce bas monde. On peut ranger dans la classe de la famine toutes les mauvaises nourritures où la disette[4] nous force d'avoir recours pour abréger notre vie dans l'espérance de la soutenir[5].

On comprend dans la peste toutes les maladies contagieuses, qui sont au nombre de deux ou trois mille. Ces deux présents nous

1. ***Stigmatiser*** : blâmer, condamner, dénoncer.
2. ***Métaphysique*** : partie de la philosophie ayant pour objet la connaissance de l'être absolu, des causes de l'univers…
3. L'***Encyclopédie*** est une œuvre monumentale : entre 1751 et 1766, sont publiés dix-sept volumes offrant 60 000 entrées ; s'y ajoutent onze volumes de « planches » (ou illustrations) qui sont édités plus tard, entre 1765 et 1772.
4. ***Disette*** : pénurie, manque, insuffisance de vivres.
5. ***Soutenir*** : garder sauve.

viennent de la Providence[1]. Mais la guerre, qui réunit tous ces dons, nous vient de l'imagination de trois ou quatre cents personnes répandues sur la surface du globe sous le nom de princes ou de ministres ; et c'est peut-être pour cette raison que dans plusieurs dédicaces on les appelle les images vivantes de la Divinité.

Le plus déterminé des flatteurs conviendra sans peine que la guerre traîne toujours à sa suite la peste et la famine, pour peu qu'il ait vu les hôpitaux des armées de l'Allemagne, et qu'il ait passé dans quelques villages où il se sera fait quelque grand exploit de guerre.

C'est sans doute un très bel art que celui qui désole les campagnes, détruit les habitations et fait périr, année commune[2], quarante mille hommes sur cent mille. Cette invention fut d'abord cultivée par des nations assemblées pour leur bien commun ; par exemple, la diète[3] des Grecs déclara à la diète de la Phrygie[4] et des peuples voisins qu'elle allait partir sur un millier de barques de pêcheurs pour aller les exterminer si elle pouvait.

Le peuple romain assemblé jugeait qu'il était de son intérêt d'aller se battre avant moisson contre le peuple des Véies, ou contre les Volsques[5]. Et, quelques années plus tard, tous les Romains, étant en colère contre tous les Carthaginois, se battirent longtemps sur mer et sur terre.

Louis-Ferdinand Céline, *Voyage au bout de la nuit* (1932)

Voyage au bout de la nuit est le premier roman de Louis-Ferdinand Destouches, dit Céline, écrivain français né en 1894 et mort en 1961. Ce roman nous fait vivre les tribulations, aux quatre coins de la

1. ***Providence*** : ici, Dieu.
2. ***Année commune*** : c'est-à-dire par an.
3. ***La diète*** : l'assemblée politique.
4. ***Phrygie*** : ancienne contrée d'Asie Mineure.
5. Les ***Véies*** et les ***Volsques*** sont des peuples de l'Italie ancienne qui furent soumis par Rome au IVe siècle et au IIIe siècle av. J.-C. Les Carthaginois d'Afrique du Nord s'opposèrent aux Romains dans le conflit des guerres puniques, entre le IIe siècle et le Ier siècle av. J.-C.

civilisation occidentale, d'un antihéros, Ferdinand Bardamu, sorte de double de l'auteur. Dans la première partie, on suit Bardamu en 1914 au front : c'est l'occasion pour Céline d'évoquer, par l'intermédiaire de son héros, son expérience de cet « abattoir international en folie[1] » que fut la Grande Guerre...

Moi, d'abord la campagne, faut que je le dise tout de suite, j'ai jamais pu la sentir, je l'ai toujours trouvée triste, avec ses bourbiers qui n'en finissent pas, ses maisons où les gens n'y sont jamais et ses chemins qui ne vont nulle part. Mais quand on y ajoute la guerre en plus, c'est à pas y tenir. Le vent s'était levé, brutal, de chaque côté des talus, les peupliers mêlaient leurs rafales de feuilles aux petits bruits secs qui venaient de là-bas sur nous. Ces soldats inconnus nous rataient sans cesse, mais tout en nous entourant de mille morts, on s'en trouvait comme habillés. Je n'osai plus remuer.

Ce colonel, c'était donc un monstre ! À présent, j'en étais assuré, pire qu'un chien, il n'imaginait pas son trépas[2] ! Je conçus en même temps qu'il devait y en avoir beaucoup des comme lui dans notre armée, des braves, et puis tout autant sans doute dans l'armée d'en face. Qui savait combien ? Un, deux, plusieurs millions peut-être en tout ? Dès lors ma frousse devint panique. Avec des êtres semblables, cette imbécillité infernale pouvait continuer indéfiniment... Pourquoi s'arrêteraient-ils ? Jamais je n'avais senti plus implacable la sentence des hommes et des choses.

Serais-je donc le seul lâche sur la terre ? pensais-je. Et avec quel effroi !... Perdu parmi deux millions de fous héroïques et déchaînés et armés jusqu'aux cheveux ? Avec casques, sans casques, sans chevaux, sur motos, hurlants, en autos, sifflants, tirailleurs[3], comploteurs, volants, à genoux, creusant, se défilant, caracolant[4] dans les sentiers, pétaradant, enfermés sur la terre comme dans un cabanon, pour y tout détruire, Allemagne, France et Continents, tout ce qui respire, détruire, plus enragés que les chiens, adorant leur rage (ce

1. Cette formule, de Céline, est tirée du *Voyage au bout de la nuit*.
2. ***Trépas*** : mort.
3. ***Tirailleurs*** : soldats détachés en avant comme éclaireurs.
4. ***Caracolant*** : avançant à cheval en tête de troupe.

que les chiens ne font pas), cent, mille fois plus enragés que mille chiens et tellement plus vicieux ! Nous étions jolis ! Décidemment, je le concevais, je m'étais embarqué dans une croisade apocalyptique.

On est puceau de l'Horreur comme on l'est de la volupté. Comment aurais-je pu me douter moi de cette horreur en quittant la place Clichy[1] ? Qui aurait pu prévoir, avant d'entrer vraiment dans la guerre, tout ce que contenait la sale âme héroïque et fainéante des hommes ? À présent, j'étais pris dans cette fuite en masse, vers le meurtre en commun, vers le feu... Ça venait des profondeurs et c'était arrivé.

Louis-Ferdinand Céline, *Voyage au bout de la nuit*,
© Gallimard, coll. « Folioplus classiques », 2006, p. 18-19.

Boris Vian, « À tous les enfants... » (1954-1959)

Pendant sa brève existence, Boris Vian (né en 1920 et mort subitement en 1959) explora des domaines aussi divers que la science, la musique et la littérature. Ce brillant ingénieur et ce musicien surdoué est aussi l'auteur de romans, le scandaleux *J'irai cracher sur vos tombes* (1946) et le fantaisiste *L'Écume des jours* (1947). Farouche défenseur de la liberté, il se révolta contre le mal, la souffrance et la barbarie de la guerre. Ainsi, alors que, en 1954 et 1955, les soldats français meurent en Indochine et que le conflit gronde en Algérie, les chansons pacifistes qu'il écrit, comme « Le Déserteur », « Les Joyeux Bouchers », choquent l'opinion publique. Dans celle intitulée « À tous les enfants », il rend hommage aux soldats sacrifiés et voue aux gémonies[2] les responsables de la guerre.

À tous les enfants
    Qui sont partis le sac au dos
    Par un brumeux matin d'avril
    Je voudrais faire un monument

1. La place Clichy est située dans le XVIIIe arrondissement, au nord de Paris.
2. ***Voue aux gémonies*** : accable de mépris et de honte.

À tous les enfants
Qui ont pleuré le sac au dos
Les yeux baissés sur leurs chagrins
Je voudrais faire un monument
Pas de pierre, pas de béton
Ni de bronze qui devient vert
Sous la morsure aiguë du temps
Un monument de leur souffrance
Un monument de leur terreur
Aussi de leur étonnement
Voilà le monde parfumé
Plein de rires, pleins d'oiseaux bleus
Soudain griffé d'un coup de feu
Un monde neuf où sur un corps
Qui va tomber
Grandit une tache de sang
Mais à tous ceux qui sont restés
Les pieds au chaud sous leur bureau
En calculant le rendement
De la guerre qu'ils ont voulue
À tous les gras, tous les cocus
Qui ventripotent[1] dans la vie
Et comptent et comptent leurs écus
À tous ceux-là je dresserai
Le monument qui leur convient
Avec la schlague[2], avec le fouet
Avec mes pieds avec le poing
Avec des mots qui colleront
Sur leurs faux-plis[3] sur leurs bajoues[4]
Des larmes de honte et de boue.

Boris Vian, «À tous les enfants...»,
avec l'aimable autorisation des éditions Majestic-Jacques Canetti, 2010.

---

1. Vian crée sur l'adjectif «ventripotent» (qui signifie «qui a un gros ventre») le verbe «ventripoter».

2. ***Schlague*** : punition à coups de baguette en usage autrefois dans les armées allemandes.

3. ***Faux-plis*** : pliures qui ne devraient pas existter.

4. ***Bajoues*** : joues grosses et pendantes.

Jean Giono, *Le Grand Troupeau* (1931)

Jean Giono (1895-1970) est un écrivain français auteur de nombreux romans situés dans sa Provence natale. Confronté aux épisodes les plus meurtriers de la Grande Guerre à laquelle il participa comme jeune recrue, il défendit le pacifisme de façon virulente : cela lui valut d'être emprisonné comme antimilitariste en 1939. *Le Grand Troupeau*, roman paru en 1931, est autant celui des hommes que des animaux qui vont subir, comme une épidémie incompréhensible, la monstruosité de la guerre. Dans cet extrait situé au début de l'œuvre, Giono montre le destin de ces femmes abandonnées et de ces hommes voués désormais à engraisser la terre.

Les morts bougeaient. Les nerfs se tendaient dans la raideur des chairs pourries et un bras se levait lentement dans l'aube. Il restait là, dressant vers le ciel sa main noire tout épanouie ; les ventres trop gonflés éclataient et l'homme se tordait dans la terre, tremblant de toutes ses ficelles relâchées. Il reprenait une parcelle de vie, il ondulait des épaules, comme dans sa marche d'avant. Il ondulait des épaules, comme à son habitude d'avant quand sa femme le reconnaissait au milieu des autres, à sa façon de marcher. Et les rats s'en allaient de lui. Mais ça n'était plus son esprit de vie qui faisait onduler ses épaules, seulement la mécanique de la mort, et au bout d'un peu, il retombait immobile dans la boue. Alors les rats revenaient.

La terre elle-même s'essayait à des gestes moins lents avec sa grande pâture[1] de fumier. Elle palpitait comme un lait qui va bouillir. Le monde, trop engraissé de chair et de sang, haletait dans sa grande force. Au milieu des grosses vagues du bouleversement, une vague vivante se gonflait ; puis, l'apostume[2] se fendait comme une croûte de pain. Cela venait de ces poches où tant d'hommes étaient enfouis. La pâte de chair, de drap, de cuir, de sang, d'os levait. La force de la pourriture faisait éclater l'écorce. [...]

Et en même temps que le jour montait, dès au-delà du désert, le roulement sourd d'un grand charroi[3]. C'étaient des fleuves d'hom-

1. ***Pâture*** : lieu où l'on fait paître le bétail ; aliment pour animaux.
2. ***Apostume*** : tumeur purulente, abcès.
3. ***Charroi*** : transport par chariot ou par charrette.

mes, de chars, de canons, de camions, de charrettes qui clapotaient là-bas dans le creux des coteaux : les grands chargements de viande, la nourriture de la guerre.

Jean Giono, *Le Grand Troupeau*,
dans *Œuvres romanesques*, t. I, © Gallimard,
coll. «Bibliothèque de la Pléiade», 1971, 2e partie, p. 621-622.

L'héroïsme : réflexions sur le courage...

À travers ses personnages, le roman d'Arnaud Cathrine nous invite à réfléchir sur l'attitude de l'homme face au danger, à la souffrance et à la mort. Qu'est-ce qu'être courageux ? Qu'est-ce que l'héroïsme ? Trois auteurs – un philosophe, un aventurier et un intellectuel du XXe siècle –, à travers des argumentations rigoureuses, définissent ce qu'est pour eux le courage et montrent que cette vertu n'est pas seulement le fait des braves[1]...

André Comte-Sponville, *Petit Traité des grandes vertus* (1995)

Né en 1952, André Comte-Sponville est professeur de philosophie et philosophe. Dans son essai au titre antithétique, *Petit Traité des grandes vertus*, paru en 1995, il réfléchit aux différentes valeurs morales qui permettent à l'homme d'être «plus humain, plus fort, plus doux[2]». Après la politesse, la fidélité, la prudence et la tempérance[3], la

---

1. ***Braves*** : héros courageux au combat, devant l'ennemi.
2. André Comte-Sponville, quatrième de couverture de l'édition du *Petit Traité des grandes vertus*, PUF, 1995.
3. ***Tempérance*** : modération dans le plaisir des sens ; prudence, sobriété.

cinquième des dix-huit vertus qu'il évoque est le courage. Voici le début du chapitre qu'il consacre à cette valeur morale...

De toutes les vertus, le courage est sans doute la plus universellement admirée. Fait bien rare, le prestige dont il jouit semble ne dépendre ni des sociétés, ni des époques ; et à peine des individus. Partout la lâcheté est méprisée ; partout la bravoure estimée. Les formes en peuvent varier, certes, comme les contenus : chaque civilisation a ses peurs, chaque civilisation ses courages. Mais, ce qui ne varie pas, ou guère, c'est que le courage, comme capacité de surmonter la peur, vaille mieux que la lâcheté et la poltronnerie, qui s'y abandonnent. Le courage est la vertu des héros ; et qui n'admire les héros ?

Cette universalité pourtant ne prouve rien, et serait même suspecte. Ce qui est universellement admiré l'est donc aussi par les méchants et par les imbéciles. Sont-ils si bons juges ? Puis on admire aussi la beauté, qui n'est pas une vertu ; et beaucoup méprisent la douceur, qui en est une. Que la morale soit universalisable, dans son principe, ne prouve pas qu'elle soit universelle, dans son succès. La vertu n'est pas un spectacle, et n'a que faire des applaudissements.

Surtout, le courage peut servir à tout, au bien comme au mal, et ne saurait changer de nature. Méchanceté courageuse, c'est méchanceté. Fanatisme courageux, c'est fanatisme. Ce courage-là – le courage pour le mal, dans le mal – est-il encore une vertu ? Cela semble difficile à penser. Qu'on puisse admirer en quelque chose le courage d'un assassin ou d'un SS, en quoi cela les rend-il vertueux ? Un peu plus lâches, ils auraient fait moins de mal. Qu'est-ce que cette vertu qui peut servir au pire ? Qu'est-ce que cette valeur qui semble indifférente aux valeurs ?

André Comte-Sponville, *Petit Traité des grandes vertus*,
© PUF, coll. « Perspectives critiques », 1995,
chapitre V, p. 59-60.

1. Quelle définition du courage est donnée dans le premier paragraphe ?

2. Quelle opinion sur le courage André Comte-Sponville rapporte-t-il dans le premier paragraphe ? Pourquoi le philosophe se méfie-t-il de ce jugement ?

3. Selon lui, en quoi le courage est-il une vertu différente des autres ? Trouvez d'autres exemples pour justifier la conception du philosophe.

Antoine de Saint-Exupéry, *Terre des hommes* (1939)

Aviateur et écrivain, Antoine de Saint-Exupéry (1900-1944) est l'auteur du *Petit Prince*, célèbre conte philosophique paru en 1943. Sa vie d'homme d'action et sa solitude de pilote le poussent à une méditation sur l'homme et la vie qu'il transcrit dans ses romans *Courrier Sud* (1928) et *Vol de nuit* (1931) et dans *Terre des hommes* (1939), texte pour lequel il reçoit le grand prix du roman de l'Académie française.

Dans cette œuvre autobiographique, Saint-Exupéry raconte des événements de sa vie – lorsqu'il travaillait pour l'Aéropostale[1] – et évoque en particulier son camarade Henri Guillaumet[2], dont l'avion s'abattit en hiver 1930 dans les Andes lors d'un vol postal entre Buenos Aires en Argentine et Santiago du Chili. Cinq jours durant, Saint-Exupéry fouilla les montagnes en avion pour retrouver son ami. Guillaumet fut retrouvé vivant au bout du septième jour après avoir accompli une marche héroïque au milieu d'une nature hostile et déchaînée... L'exploit de Guillaumet est pour Saint-Exupéry l'occasion de définir ce qu'est le courage...

« Ce que j'ai fait, je le jure, jamais aucune bête ne l'aurait fait. »

[...] Si on lui parlait de son courage, Guillaumet hausserait les épaules. Mais on le trahirait aussi en célébrant sa modestie. Il se situe bien au-delà de cette qualité médiocre. S'il hausse les épaules, c'est par sagesse. Il sait qu'une fois pris dans l'événement les hommes ne s'en effraient plus. Seul l'inconnu épouvante les hommes. Mais

---

1. ***Aéropostale*** : la Compagnie générale aéropostale est une compagnie aérienne française fondée après 1918, consacrée au service postal puis au transport des voyageurs. En 1933, elle est reprise par l'État et intégrée au groupe Air France.

2. ***Henri Guillaumet*** (1902-1940) fut, avec Jean Mermoz, un pionnier de l'aviation française et un grand ami de Saint-Exupéry qui lui dédia *Terre des hommes*.

pour quiconque l'affronte, il n'est déjà plus l'inconnu. Surtout si on l'observe avec cette gravité lucide. Le courage de Guillaumet, avant tout, est un effet de sa droiture.

Sa véritable qualité n'est point là. Sa grandeur, c'est de se sentir responsable. Responsable de lui, du courrier et des camarades qui espèrent. Il tient entre ses mains leur peine et leur joie. Responsable de ce qui se bâtit de neuf, là-bas chez les vivants, à quoi il doit participer. Responsable un peu du travail des hommes, dans la mesure de son travail.

Il fait partie des êtres larges qui acceptent de couvrir de larges horizons de leur feuillage. Être homme, c'est précisément être responsable. C'est connaître la honte en face d'une misère qui ne semblait pas dépendre de soi. C'est être fier d'une victoire que les camarades ont remportée. C'est sentir, en posant sa pierre, que l'on contribue à bâtir le monde.

On veut confondre de tels hommes avec les toréadors ou les joueurs. On vante leur mépris de la mort. Mais je me moque bien du mépris de la mort. S'il ne tire pas ses racines d'une responsabilité acceptée, il n'est que signe de pauvreté ou d'excès de jeunesse. J'ai connu un suicidé jeune. Je ne sais plus quel chagrin d'amour l'avait poussé à se tirer soigneusement une balle dans le cœur. Je ne sais à quelle tentation littéraire il avait cédé en habillant ses mains de gants blancs, mais je me souviens d'avoir ressenti en face de cette triste parade[1] une impression non de noblesse mais de misère. Ainsi, derrière ce visage aimable, sous ce crâne d'homme, il n'y avait rien eu, rien. Sinon l'image de quelque sotte petite fille, semblable à d'autres.

Face à cette destinée maigre, je me rappelais une vraie mort d'homme. Celle d'un jardinier, qui me disait : «Vous savez… parfois je suais quand je bêchais. Mon rhumatisme me tirait la jambe, et je pestais contre cet esclavage. Eh bien, aujourd'hui, je voudrais bêcher, bêcher dans la terre. Bêcher ça me paraît tellement beau ! On est tellement libre quand on bêche ! Et puis, qui va tailler aussi mes arbres ?» Il laissait une terre en friche. Il était lié d'amour à toutes les terres et à tous les arbres de la terre. C'était lui le généreux, le prodigue, le

---

1. ***Parade*** : ici, cérémonie.

grand seigneur ! C'était lui, comme Guillaumet, l'homme courageux, quand il luttait au nom de sa Création, contre la mort. [...]

Antoine de Saint-Exupéry, *Terre des hommes*, © Gallimard, 1939, 2e partie, chapitre II, p. 52-55.

1. Quelle définition du courage rejette Saint-Exupéry ?
2. Selon lui, à quoi est lié le vrai courage ?
3. Analysez la place et le rôle des exemples dans le texte.

Gilbert Cesbron, *Ce qu'on appelle vivre* (1977)

Passionné par la radio où il travailla toute sa vie, Gilbert Cesbron (1913-1979) centra son œuvre littéraire (romans, essais, nouvelles et pièces de théâtre) sur des thèmes d'actualité. Évoquant la morale sans se prétendre moraliste, il parla des prêtres ouvriers dans *Les saints vont en enfer* (1952), de la jeunesse délinquante dans *Chiens perdus sans collier* (1954), de l'euthanasie[1] dans *Il est plus tard que tu ne penses* (1958) ou de la violence dans *Entre chiens et loups* (1962). En 1977, paraît chez Stock *Ce qu'on appelle vivre* : au cours d'un entretien sur la violence avec l'un de ses amis, Maurice Chavardès, Cesbron avoue qu'il a eu dans sa jeunesse, beaucoup d'admiration pour l'héroïsme militaire mais qu'il a découvert peu à peu d'autres sortes de courage. L'extrait qui suit, à la construction argumentative claire et efficace, évoque la non-violence.

Il n'existe pas qu'un seul courage, le fameux courage des braves ; mais il existe des courages : le « courage de papier », celui dont parlait Mauriac[2], et qui consiste à écrire, parce qu'on les croit vraies ou utiles, des choses qui peuvent vous valoir des ennuis ; et puis le

1. ***Euthanasie*** : ensemble des méthodes qui procurent une mort sans souffrance afin d'abréger une longue et douloureuse agonie.
2. ***François Mauriac*** (1885-1970) s'est affirmé lors de la Seconde Guerre mondiale et à la Libération comme écrivain résistant et journaliste engagé. En 1945, à la Libération, il eut l'occasion de manifester son courage « de papier » et le pouvoir de ses mots en défendant des écrivains accusés d'avoir collaboré

«courage de feu», ce courage qui fait qu'on va au-devant d'un risque de souffrance et de mort; enfin il en existe un troisième qui, à mes yeux, est le courage des courages : je l'appelle le «courage de pierre», parce qu'il conduit un personnage en prison pour ses convictions[1] non violentes. Mais surtout, il est acculé[2] au mépris des autres – et c'est pourquoi ce courage-là est beaucoup plus exigeant. La certitude d'être incompris est finalement une épreuve plus grave que celle d'être blessé.

Très longtemps on a confondu la non-violence avec le pacifisme bêlant[3], et le pacifisme – bêlant ou non – avec la lâcheté. La non-violence semblait le contraire même du courage alors qu'elle exige plus de courage que n'en requiert la violence. D'abord parce que nous avons des tendances à l'agressivité et que la violence satisfait en nous bien des désirs viscéraux[4]. Ensuite parce que la violence entraîne une pluie de médailles et l'estime de tous. La violence, hélas, c'est très flatteur. Les héros des films de violence plaisent au public et séduisent les femmes et les jeunes. Ce sont des «héros» au sens propre du mot. Tandis que la non-violence entraîne encore le mépris; et aussi des risques plus grands que la violence, puisqu'on est désarmé.

L'un des grands moments de l'histoire du monde et qui a décidé de l'histoire de l'Inde s'est joué au moment de la «marche du sel[5]». Les Anglais refusaient que les Hindous puisent de l'eau de mer pour la faire évaporer et se procurer ainsi du sel sans payer de droits; Gandhi a senti que c'était là une injustice et, de plus, un symbole; et il a décidé que tel jour, à telle heure, sur telle plage, des Hindous iraient puiser de l'eau de mer – et il en a prévenu les Autorités. Ils

---

(comme Béraud et Brasillach); il estimait qu'ils avaient droit à la miséricorde, en tout cas à une justice sereine.

1. ***Convictions*** : opinions, idées.

2. ***Acculé*** : mis dans l'impossibilité d'échapper.

3. ***Bêlant*** : pleurnicheur.

4. ***Viscéraux*** : qui viennent du plus profond de l'être.

5. L'Inde est en 1930 une colonie britannique. Gandhi et son parti – le parti du Congrès – cherchent à obtenir son autonomie. La «marche du sel» (que Cesbron décrit dans la suite du texte) est le symbole de l'opposition à l'autorité britannique et le début de la marche vers l'indépendance de l'Inde qui sera proclamée en 1947.

étaient donc là, des centaines et des centaines d'Hindous, en rang, avec des récipients. L'armée britannique aussi était là, avec des matraques. À l'heure dite; le premier rang s'est ébranlé pour aller puiser de l'eau dans la mer et les soldats anglais ont abattu tous les hommes de ce premier rang. À ce moment-là s'est joué le sort de la libération de l'Inde... Le second rang allait-il comprendre la leçon du matraquage et reculer ? Le deuxième rang a fait un pas en avant ET IL N'A PAS ÉTÉ MATRAQUÉ.

Voilà l'exemple type de la non-violence.

Gilbert Cesbron, *Ce qu'on appelle vivre*,
© Stock, 1977, rééd. J'ai lu, 1978.

1. Quelle est la thèse de Cesbron? Quelle est celle qu'il réfute? Reformulez et justifiez.

2. Quel est le rôle du deuxième paragraphe par rapport au premier? Expliquez.

3. Quels sont les arguments avancés par le locuteur pour valider sa thèse?

4. Quelle est la fonction du troisième paragraphe?

Dénoncer la guerre (2e partie) : la force des images

L'image est une représentation de la réalité dont le sens dépend de l'intention de celui qui la crée. La photographie, l'image publicitaire, l'affiche ou le tableau peuvent avoir une fonction esthétique, une fonction de témoignage ou encore une fonction argumentative. Ces quatre images, qui appartiennent à des genres différents, offrent toutes une certaine image de la guerre; chacune en dénonce, grâce à des moyens différents, l'horreur et la froideur...

Document n° 1 : *Guernica bombardée*, photographie en noir et blanc (1937)

Entre 1936 et 1939, une guerre civile déchira l'Espagne : elle opposa les nationalistes du général Franco[1], soutenus par l'Allemagne hitlérienne et l'Italie fasciste, aux républicains. Le 26 avril 1937, la petite ville de Guernica y Luno, de la province basque de Biscaye, dans la vallée de Mundaca, fut bombardée par l'aviation allemande. La photographie ci-contre, en noir et blanc, dont l'auteur est resté anonyme, fut prise cinq jours après le bombardement qui fit près de 2000 victimes : elle témoigne de la violence apocalyptique de l'attaque aérienne...

1. Décrivez les éléments qui composent la photographie. Que traduisent-ils ?
2. En quoi cette photographie est-elle une dénonciation universelle de la guerre ?
3. Quel célèbre peintre a peint les ravages de la guerre après le bombardement de Guernica ?

Document n° 2 : Marcel Gromaire, *La Guerre*, huile sur toile (1925)

Marcel Gromaire (1892-1971) est un peintre et graveur français qui participa aussi au renouvellement de l'art de la tapisserie. Le style de cet autodidacte, influencé par Matisse, Cézanne et plus tard Fernand Léger, est marqué par le souci d'établir des formes fortement architecturées et schématisées. Ses préoccupations sociales et humanitaires se traduisent notamment dans son tableau allégorique, réalisé en 1925 et intitulé *La Guerre* (p. 114), qui témoigne aussi des sept années, entre 1912 et 1919, que Gromaire passa sous les drapeaux.

---

1. ***Franco*** (1892-1975) : celui qui se faisait appelé le *caudillo*, c'est-à-dire le « guide », devint chef d'État et du gouvernement espagnol en 1938 ; il rétablit en 1947 la monarchie dont il s'institua régent à vie.

■ *Guernica bombardée*, anonyme (1937).

■ Marcel Gromaire, *La Guerre*, huile sur toile (1925).

1. Quelle guerre le peintre évoque-t-il dans son tableau ?

2. Comment Gromaire a-t-il représenté les soldats ?

3. Que cherche-t-il à dénoncer ?

Document n° 3 : « Tuons la guerre », affiche anonyme (1928)

Après la Grande Guerre, de nombreuses associations d'anciens combattants militèrent contre le militarisme et le bellicisme[1]. La diplomatie internationale souhaita aussi mettre définitivement la guerre hors la loi. Le pacte Briand-Kellogg, ou pacte de Paris, est signé le 27 août 1928 : les quinze pays signataires condamnent le recours à la guerre pour le règlement des différends internationaux et y renoncent en tant qu'instrument de politique nationale dans leurs relations mutuelles. C'est dans ce contexte qu'ont lieu les élections législatives en France en 1928 et que la SFIO, parti politique socialiste internationaliste et pacifiste, commande une affiche (p. 117), entièrement dans les tons rouge et noir, qui expose violemment ces idéaux...

1. Cette affiche reprend la figure mythologique de Méduse. Après avoir fait des recherches sur ce personnage mythologique, vous direz ce qu'il représente ici.

2. En quoi cette affiche, pacifiste dans le propos, est-elle d'une rare violence ?

3. Sur quelle figure de style repose son slogan ?

Document n° 4 : Plantu, dessin paru dans *Le Monde* (6 février 1994)

Entre 1991 et 2001, éclatent de violents conflits entre différents groupes ethniques et nations qui composent la République fédérale socialiste de Yougoslavie. Les causes en sont politiques, économiques,

1. ***Bellicisme*** : amour de la guerre; utilisation de la force guerrière dans le règlement des conflits internationaux.

culturelles et religieuses. Cette guerre à caractère génocidaire, la plus meurtrière en Europe (trois cent mille morts et un million de déplacés) depuis la fin de la Seconde Guerre mondiale, a abouti à l'éclatement de la République fédérale.
Le 5 février 1994, un tir d'obus sur le marché de Markale à Sarajevo fait soixante-six morts et deux cents blessés environ : Plantu, dessinateur de presse, choisit d'évoquer l'horreur de cet événement à la une du *Monde* daté du 6 février (voir son dessin, p. 118).

1. Sur quelle opposition repose ce dessin de presse ?
2. En quoi Plantu fait-il preuve de cynisme ?
3. Que dénonce-t-il ?

Rencontre avec Arnaud Cathrine

Lecture Jeune est une revue de réflexion, d'information et de choix de livres pour adolescents à destination des médiateurs du livre; elle est publiée par l'association Lecture jeunesse. Son numéro 123, paru en septembre 2007, est consacré à Arnaud Cathrine. Hélène Sagnet et Anne Lanchon, respectivement directrice et rédactrice en chef de Lecture jeunesse, ont rencontré l'auteur des *Yeux secs*... Voici quelques extraits de cet entretien.

LECTURE JEUNESSE. – Quelle est votre histoire personnelle avec la lecture et l'écriture ?

ARNAUD CATHRINE. – J'ai découvert de façon concomitante[1] la lecture et l'écriture. Je n'étais pas un grand lecteur, adolescent. Seule la musique comptait. Mon grand-père est organiste et facteur d'orgues[2]. C'est l'artiste, le saltimbanque de la famille, mon modèle. J'ai débuté

---

1. ***Concomitante*** : simultanée; synonyme d'ensemble.
2. Voir note 3, p. 10.

■ « Tuons la guerre », affiche anonyme (1928).

■ Dessin de Plantu paru à la une du *Monde*, le 6 février 1994.

le piano très tôt, je jouais tout le temps. Les livres n'avaient pas leur place dans ma vie, la musique occupait tout l'espace. De plus, la littérature de jeunesse était pitoyable à l'époque. Et ce qu'on étudiait en classe m'ennuyait profondément. Les livres me semblaient morts, ils ne parlaient pas de nous. C'était de la poussière. Jusqu'au jour où, en seconde, mon professeur de français m'a proposé de participer à un concours de nouvelles, que j'ai gagné. Tout s'est alors déclenché. Je me suis mis à écrire des nouvelles et à beaucoup lire, de la littérature contemporaine essentiellement. Annie Saumont[1] entre autres, qui faisait partie du jury du concours.

Je suis devenu gros lecteur ensuite. J'ai dévoré Faulkner, Carson McCullers[2], Sartre, Camus[3]... Je fouinais dans les librairies, je choisissais mes livres à l'intuition, en lisant les quatrièmes de couverture, à la recherche de mots clés. La lecture de *L'Étranger* a été une révélation stylistique : j'y ai découvert une phrase vivante, une modernité qui allait à l'encontre de ce que je croyais être les canons de la littérature. Après ce concours je n'ai jamais cessé d'écrire, des nouvelles, des poèmes, des chansons...

L.J. – Quand avez-vous envisagé d'être publié ?

A.C. – Lorsque j'étais étudiant en lettres, la plupart des métiers dont j'entendais parler m'angoissaient d'avance. Je me demandais si on pouvait vivre de sa plume. J'avais envie d'être lu, de porter mon travail en place publique... J'ai commencé beaucoup de romans que je n'ai pas terminés, tous ressemblaient à du pastiche[4] : c'était du Annie Saumont, du Lydie Salvayre[5]... C'est aussi une façon de se former. Lorsque j'ai achevé *Les Yeux secs*, que j'ai écrit en trois semaines, j'ai eu l'intuition d'avoir trouvé ma voix, un embryon de voix. Je

---

1. ***Annie Saumont*** (née en 1927) : traductrice, romancière, grande nouvelliste.
2. ***William Faulkner*** (1897-1962) et ***Carlson McCullers*** (1917-1967) sont des romanciers américains.
3. Jean-Paul Sartre et Albert Camus sont des écrivains de la seconde moitié du XXe siècle ; Camus est l'auteur du roman *L'Étranger*, publié en 1943, qu'Arnaud Cathrine évoque ensuite.
4. ***Pastiche*** : œuvre littéraire ou artistique dans laquelle l'auteur a imité la manière, le style d'un autre auteur ; synonyme d'imitation, de copie.
5. ***Lydie Salvayre*** (née en 1948) : romancière française.

l'ai envoyé à des éditeurs dont j'admirais le travail. J'ai rencontré des gens, essuyé des lettres de refus.

En 1996, l'éditrice pour laquelle je travaillais comme lecteur[1] chez Denoël, m'a présenté à Bernard Wallet, un de ses amis qui souhaitait créer une nouvelle maison d'édition[2] et cherchait des lecteurs de manuscrits. Bernard avait vécu deux ans à Beyrouth en pleine guerre civile, une expérience qui lui a inspiré son récit *Paysages avec palmiers*[3]. *Il a été troublé par la lecture des Yeux secs*, un premier roman qui n'était pas autobiographique, sur une guerre civile. Il m'a proposé de le publier, si j'acceptais de le retravailler. C'était exaltant de débuter chez un nouvel éditeur, audacieux, avec des projets sublimes… […]

L.J. – Vous écrivez les livres que vous auriez aimé lire adolescent ?

A.C. – Oui, cela m'aurait fait infiniment de bien de lire un Brisac[4] à quinze ans. J'ai été chercher cela ailleurs, en musique et en littérature générale. Cela étant, c'est intéressant aussi de lire des livres qui nous résistent. Lorsque j'ai lu *Le Bruit et la Fureur*[5] à l'adolescence, j'ai été déstabilisé, je ne le regrette pas. […]

L.J. – Pourquoi écrivez-vous toujours à la première personne ?

A.C. – Parce que je suis incapable d'écrire à la troisième ! Cela sonne faux. Je n'ai écrit qu'un seul texte à la troisième personne, celui du collectif autour de Dominique A.[6], *Tout sera comme avant*. Le thème de ma nouvelle – de jeunes ados qui font des castings

---

1. Dans une maison d'édition, le lecteur est celui qui lit les manuscrits et rend compte de leur intérêt à l'éditeur.

2. Il s'agit des éditions Verticales où seront publiés en 1998 *Les Yeux secs*.

3. ***Paysages avec palmiers*** est paru chez Gallimard, en 1992.

4. ***Geneviève Brisac*** : professeur, éditrice à L'École des Loisirs, auteur de romans et de récits de littérature de jeunesse.

5. ***Le Bruit et la Fureur*** : roman de William Faulkner paru en 1929.

6. ***Dominique A.*** est un chanteur contemporain ; en 2004, sort un album intitulé *Tout sera comme avant* ainsi qu'un recueil de seize nouvelles qui porte le même titre (éditions Verticales, 2004) : l'artiste a invité ses auteurs favoris (Olivier Adam, Brigitte Giraud, Chloé Delaume, Arnaud Cathrine…) à rédiger une nouvelle en s'inspirant des titres de ses chansons.

pornos – et le personnage me résistaient, j'essayais d'approcher ce qui se passe dans le corps et la conscience d'un individu qui en arrive là… Je ne pouvais pas ne pas m'en remettre à la troisième personne.

Hormis cet exemple très particulier, la troisième personne de narration me met à distance du personnage et m'empêche d'investir le rôle. Or je me sens très comédien, il faut que je sois le personnage. La première personne me met dans une immédiateté et une proximité de corps. Spontanément je travaille sur la voix. C'est ce qui m'intéresse le plus dans l'écriture : trouver les rythmes et les sonorités qui expriment le mieux le grain de voix de mes personnages. Mon influence musicale y est sans doute pour beaucoup.

C'est aussi la première chose qui m'a passionné en littérature. *Le Bruit et la Fureur* de Faulkner débute dans la tête d'un malade mental, la langue se contorsionne en écho du regard distordu du jeune garçon… Notre écriture porte une vision du monde.

L.J. – Est-ce qu'il vous arrive de vous documenter ?

A.C. : Jamais. Je me plonge dans un corps tout prêt. Les personnages que j'invente travaillent en moi depuis longtemps. Leur voix surgit lorsqu'elle est prête. […]

L.J. – Comment naissent vos romans ?

A.C. – Cela dépend. Les premiers partaient souvent d'un lieu ou d'une image, comme le décor en carton-pâte de *Bagdad Café*[1] pour *La Route de Midland*[2]. *D'autres comme Sweet Home* s'inspirent de films que j'ai aimés (*Festen*, *This Side of Paradise*, *Bord de mer*, *Petits Arrangements avec les morts*). *Faits d'hiver* est né de mon expérience

1. ***Bagdad Café*** est un film de l'Allemand Percy Adlon sorti en 1988 ; ***Festen*** est un film du Danois Thomas Vinterberg sorti en 1998 ; ***This Side of Paradise*** est un film du Lituanien Jonas Mekas (1999) ; ***Bord de mer*** est un film français de Julie Lopes-Curval ; ***Petits Arrangements avec les morts*** à été réalisé par la Française Pascale Ferran en 1994.

2. ***La Route de Midland***, ***Sweet Home***, ***Faits d'hiver***, ***Exercices de deuil*** sont des romans d'Arnaud Cathrine parus aux éditions Verticales.

de la vie alternative[1] à Berlin et d'un fait divers lu dans la presse. *Exercices de deuil* a été écrit après un voyage à Philadelphie.

L'histoire se déroule ensuite selon mes désirs, mes fantasmes, les images qui s'imposent à moi. Les choses sont assez atmosphériques, je ne sais jamais où je vais, je n'écris jamais de scénario à l'avance. C'est ennuyeux de savoir à l'avance ce qui va arriver ! Je suis mon premier lecteur, j'ai besoin d'être surpris. La lutte contre l'ennui est une vraie névrose chez moi, je suis quelqu'un qui s'ennuie très facilement. Heureusement, de ce point de vue, la vie me comble. [...]

L.J. – Pourquoi l'adolescence vous inspire-t-elle tant ?

A.C. – Je n'ai pas aimé cette période de ma vie. Je me sentais en pleine mue, sans peau, vulnérable... Mais l'adolescence, c'est aussi le moment où on découvre la vie, où on se découvre soi-même, où on s'ouvre aux autres. C'est une période paradoxale et dense. Enfin je crois que j'ai gardé en moi une part d'adolescent, idéaliste, qui ne transige pas[2] et ne se résigne pas, c'est mon côté Antigone[3] ! On l'appelle sensibilité ou susceptibilité, selon les points de vue.

On m'a reproché d'écrire des choses noires. Ce n'est pas de la complaisance, c'est au contraire un acte de résistance, la preuve que je suis en vie. J'ai écrit *Richard Taylor*[4] pour exorciser les moments de tunnel passés, éviter et surmonter ceux qui pourraient m'arriver. La littérature a un énorme pouvoir libérateur.

L.J. – Pourquoi vos personnages sont-ils toujours sur le départ ?

A.C. – Ils font ce que je fais toute la journée. Quand je lis, quand j'écris ou que je vais au cinéma, je m'évade, je vis une autre vie. Tout comme adolescent j'écoutais de la musique pour échapper à la vie ennuyeuse de mon village. On en revient toujours à l'ennui ! Que

---

1. ***Vie alternative*** : choix d'un mode de vie autre que celui proposé par la société industrielle.

2. ***Qui ne transige pas*** : qui ne fait pas de concessions.

3. ***Antigone*** : héroïne de la tragédie (442 av. J.-C.) du Grec Sophocle, reprise par Jean Anouilh en 1944 ; Antigone incarne l'absolu et le refus de toute compromission.

4. ***Richard Taylor*** : Arnaud Cathrine évoque ici son roman intitulé *La Disparition de Richard Taylor* paru aux éditions Verticales en 2006.

le départ soit fantasmé ou réel, qu'il soit littéraire ou amoureux, il a pour objet de chercher l'autre pour ne plus être seul, tristement seul. L'écriture contribue aussi à découvrir notre part manquante, ces zones d'ombre qui nous échappent. Certains les cherchent dans la psychanalyse, d'autres dans la religion, l'amour ou la musique, moi c'est l'écriture. «Pour écrire il faut deux secrets, dont un qu'on ne connaît pas», dit Vincent dans *Sweet Home*. C'est le deuxième qui m'intéresse, l'acte manqué. Certaines phrases ont surgi sous ma plume et m'ont étonné. L'écriture sait beaucoup de choses sur nous que nous ignorons.

Pour aller plus loin

La masse des livres écrits sur la guerre est considérable et recouvre des genres bien différents, de l'essai historique au roman en passant par le témoignage vécu.
Nous vous proposons ici une sélection subjective et partielle centrée notamment sur la guerre et l'adolescence.

Sur la guerre

Anthologies

Paroles de la Shoah, Flammarion, coll. « Étonnants Classiques », 2002.

Ceux de Verdun, Les écrivains et la Grande Guerre, Flammarion, coll. « Étonnants Classiques », 2001.

Au nom de la liberté, poèmes de la résistance, Flammarion, coll. « Étonnants Classiques », 2000.

1. L'entretien est consultable dans son intégralité sur : http://www.lecturejeunesse.com/index1024.php?page=selection_rencontres_detail&menu=2&id_article=236&id_revue=46

DOSSIER

Bandes dessinées

Art Spiegelman, *Maus*, Flammarion, 1998.

Jacques Tardi, *C'était la guerre des tranchées*, Casterman, 1993.

Être adolescent dans la guerre

Romans

Christine Arnothy, *J'ai quinze ans et je ne veux pas mourir*, Le Livre de Poche jeunesse, 2008.

Michel del Castillo, *Tanguy*, Gallimard, coll. « Folio », 1996.

Anne Franck, *Le Journal*, Le Livre de Poche, 2008.

Sylvie Germain, *Magnus*, Albin Michel, 2001.

Martin Gray, *Au nom de tous les miens*, Pocket, 2002.

Philippe Grimbert, *Un secret*, Grasset, 2004.

Joseph Joffo, *Un sac de billes*, Le Livre de Poche, 1990.

Jerzy Kosinski, *L'Oiseau bariolé*, J'ai lu, 2007.

Agota Kristof, *Le Grand Cahier*, Seuil, 1986.

Kenzaburô Ôé, *Gibier d'élevage*, Gallimard, coll. « Folio », 2002.

Raymond Radiguet, *Le Diable au corps*, Flammarion, coll. « GF-Flammarion », 1999.

Annie Saumont, *La guerre est déclarée et autres nouvelles*, Flammarion, coll. « Étonnants Classiques », 2005.

Films

René Clément, *Jeux interdits*, 1952.

Louis Malle, *Au revoir les enfants*, 1987.

Autres œuvres d'Arnaud Cathrine

L'Invention du père, Verticales, 1999 ; Seuil, coll. « Points », 2001.

Les Vies de Luka, Verticales, 2002.

La Disparition de Richard Taylor, Verticales, 2007.

Notes et citations

Dernières parutions

ANOUILH
La Grotte (324)

ASIMOV
Le Club des Veufs noirs (314)

BALZAC
Le Père Goriot (349)

BAUDELAIRE
Les Fleurs du mal – *Nouvelle édition* (115)

BAUM (L. FRANK)
Le Magicien d'Oz (315)

CARRIÈRE (JEAN-CLAUDE)
La Controverse de Valladolid (164)

CERVANTÈS
Don Quichotte (234)

« C'EST À CE PRIX QUE VOUS MANGEZ DU SUCRE... » Les discours sur l'esclavage d'Aristote à Césaire (187)

CHEDID (ANDRÉE)
Le Message (310)

CHRÉTIEN DE TROYES
Lancelot ou le Chevalier de la charrette (116)
Perceval ou le Conte du graal (88)
Yvain ou le Chevalier au lion (66)

CLAUDEL (PHILIPPE)
Les Confidents et autres nouvelles (246)

COLETTE
Le Blé en herbe (257)

COLIN (FABRICE)
Projet oXatan (327)

CONTES DE SORCIÈRES
Anthologie (331)

CORNEILLE
Le Cid – *Nouvelle édition* (18)

LE DÉTOUR
Anthologie (334)

DUMAS
Pauline (233)

GARCIN (CHRISTIAN)
Vies volées (346)

GÉNÉRATION(S)
Anthologie (347)

GRUMBERG (JEAN-CLAUDE)
L'Atelier (196)

HIGGINS (COLIN)
Harold et Maude – *Adaptation de Jean-Claude Carrière* (343)

HOBB (ROBIN)
Retour au pays (338)

MME DE LAFAYETTE
La Princesse de Clèves (308)

LA FONTAINE
Le Corbeau et le Renard et autres fables – *Nouvelle édition des* Fables (319)

LANGELAAN (GEORGE)
La Mouche. Temps mort (330)

LAROUI (FOUAD)
L'Oued et le Consul et autres nouvelles (239)

LE FANU (SHERIDAN)
Carmilla (313)

MARIVAUX
La Double Inconstance (336)
L'Île des esclaves (332)

MAUPASSANT
Le Horla (11)
Le Papa de Simon (4)
Toine et autres contes normands (312)

MÉRIMÉE
La Vénus d'Ille – *Nouvelle édition* (348)

MIANO (LÉONORA)
Afropean Soul et autres nouvelles (326)

MOLIÈRE
L'Amour médecin. Le Sicilien ou l'Amour peintre (342)
L'Avare – *Nouvelle édition* (12)
Dom Juan (329)
Les Fourberies de Scapin – *Nouvelle édition* (337)
Le Médecin volant. La Jalousie du Barbouillé (242)
Le Tartuffe (350)

NOUVELLES FANTASTIQUES 2
Je suis d'ailleurs et autres récits (235)

PERRAULT
Contes – *Nouvelle édition* (65)

PRÉVOST
Manon Lescaut (309)

Création maquette intérieure :
Sarbacane Design.

Composition : In Folio.

Dépôt légal : août 2010
Numéro d'édition : L.01EHRN000257.N001
Imprimé en Espagne par Novoprint (Barcelone)